Mord im Nord

Andreas Giger, geboren 1951, lebt und arbeitet als freier Zukunfts-Philosoph, Sozialforscher, Autor und Fotograf im appenzellischen Wald AR. Im Emons Verlag erschien «Eine Leiche in der Bleiche».
www.gigerheimat.ch
www.appenzellerkrimi.ch
www.spirit.ch

ANDREAS GIGER

Mord im Nord

KRIMINALROMAN

emons:

Bibliografische Information der Deutschen Nationalbibliothek
Die Deutsche Nationalbibliothek verzeichnet diese Publikation in der Deutschen Nationalbibliografie; detaillierte bibliografische Daten sind im Internet über http://dnb.d-nb.de abrufbar.

FSC
www.fsc.org
MIX
Papier aus verantwortungsvollen Quellen
FSC® C083411

Umschlagfoto: mauritius images/Prisma
Umschlaggestaltung: Tobias Doetsch
Druck und Bindung: CPI – Clausen & Bosse, Leck
Printed in Germany 2013
ISBN 978-3-95451-068-9
Originalausgabe

Bevor eine neue Idee aufkommen kann,
ist es notwendig, den Geist
von allen alten Inhalten zu reinigen.

Judith Weir, Komponistin

«Dann geht es also in diesem Fall nicht um die Herstellung von Appenzeller Käse, sondern um dessen Wirkung», stellte Adelina scharfsichtig fest, «und deshalb macht auch diese Drohung Sinn.»

Auch der zweite Appenzeller-Käse-Krimi bietet wieder eine vergnügliche Mischung aus einer spannenden Story über einen Konflikt zwischen Natur- und Kunstprodukten, aus Appenzeller Geschichten, Skurrilitäten, Mythen und Geheimnissen sowie aus leichtfüssigen geistigen Höhenflügen und Tiefenbohrungen, die weit über das kleine Appenzellerland hinausreichen ...

Rückblick

Schmelzend begannen erneut die Geige, die Gitarre und das Akkordeon zu schluchzen, um in einen südländisch klingenden Schunkelrhythmus zu wechseln, ehe Polo Hofers unverkennbare verrauchte Stimme mit dem Text von «Adelina» einsetzte. Ich hatte diesen Uralt-Song aus dem Jahr 2002 auf endlose Wiederholung eingestellt. Weil er mich an eine Zeit erinnerte, die erst ein halbes Jahr her war und doch unendlich weit weg erschien. Weil ich ein wenig Ablenkung von der tristen Gegenwart gut gebrauchen konnte. Und weil er meine Sehnsucht nach ihr, Adelina, am Leben erhielt.

Hesch mit dym Lache
Mis einsame Härz berüehrt
U dini Guet-Nacht-Gschichte
Hei mi verfüert.

(Du hast mit deinem Lachen
mein einsames Herz berührt,
und deine Gutenachtgeschichten
haben mich verführt.)

Ja, die leibhaftige Adelina hatte damals tatsächlich mein einsames Herz berührt, nicht nur mit ihrem Lachen, aber auch. Verführt allerdings hat uns in jener letzten gemeinsamen Nacht unter den Bäumen am Feuer neben meinem kleinen Häuschen auf dem Tannenbüel, ein ganzes Stück oberhalb des appenzellischen Dorfes Wald, wohl eher die gemeinsam erlebte Geschichte rund um die Leiche in der Bleiche.*

I muess gah u wär weiss
Wenn mir üs wieder xeh
Mach's guet, Adelina, Adelina, Ade!

*Andreas Giger: Eine Leiche in der Bleiche. Ein Appenzeller-Käse-Krimi. Wald AR, 2011, und Emons Verlag, 2012))

(Ich muss gehen, und wer weiss,
wann wir uns wiedersehen.
Mach's gut, Adelina, Adelina ade!)

Nun, damals hatte Adelina gefunden, dass sie gehen müsse. Und keiner von uns beiden hat gewusst, ob und wann wir uns wiedersehen. Bisher jedenfalls war uns dieses Glück nicht vergönnt.

I ha gkochet u gkochet hie obe
U du hesch serviert
Mir hei enand immer ghulfe
Wenn's het pressiert.

(Ich habe gekocht und gekocht hier oben,
und du hast serviert.
Wir haben uns immer geholfen,
wenn es pressiert hat.)

Ums Kochen ging es damals während unserer gemeinsamen Zeit im Frühling nicht gerade, wohl aber um ein Lebens- und Genussmittel, nämlich um den berühmten Appenzeller Käse. Die Leiche in der Bleiche, über die ich gestolpert war, hatte sich als Emil Matzenauer erwiesen, IT-Unternehmer und kommender «König» von Appenzell. Um es kurz zu machen: Dieser Matzenauer war Mitglied des streng geheimen Bewahrungskomitees, welches das Geheimrezept der für die Käseherstellung notwendigen Kräutersulz höchst erfolgreich hütet. Er war aus verschiedenen Gründen erpressbar geworden, und diese Schwäche nutzte ein polnisches Käsesyndikat, das gefälschten Appenzeller Käse auf den Markt werfen wollte, gnadenlos aus.

Dank der weisen Zusammensetzung des Bewahrungskomitees konnte Matzenauer nicht das ganze Geheimrezept verraten, doch er fand ein unrühmliches Ende unter der Bleiche-Brücke. Und, trotz allen Nachforschungen, die Adelina und ich gemeinsam unternommen hatten, blieb unklar, ob es sich nun um einen Mord – organisiert vom Käsesyndikat – gehandelt hatte, um Selbstmord oder gar um einen banalen Unfall.

Ohne Adelina wäre mir damals die (Beinahe-)Klärung des Falls rund um die Leiche in der Bleiche unmöglich gewesen, und ohne ihre Recherchierkünste, die sich manchmal am Rand der Legalität bewegten, hätte ich auch nie erfahren, dass das polnische Käsesyndikat seine Pläne, Appenzeller Käse zu fälschen, mangels Rentabilitätsaussichten aufgegeben hatte. Das wiederum hatte mich von einem starken Gefühl der Bedrohung befreit. Gegenseitig geholfen hatten wir uns auf jeden Fall bei diesem Fall.

Es isch schön uf den Alpe
U glych geit dr Summer verby
Dr Bärgwald wird farbig
Dr erscht Schnee chunnt scho gly.

(Es ist schön auf der Alp,
und doch geht der Sommer vorbei.
Der Bergwald wird farbig,
der erste Schnee kommt schon bald.)

Ja, der Sommer war definitiv vorbei, auch wenn der Blick auf das Säntisgebirge nach wie vor beglückend war. Sehr viele bunte Farben prägten die einheimischen Wälder zwar nicht, weil sie vorwiegend von immergrünen Nadelbäumen gebildet werden. Und doch war der Herbst nicht zu übersehen. Der erste Schnee war sogar schon da gewesen, aber ebenso schnell verschwunden, wie er gekommen war. Was für einen Kontrast bildet diese Spätherbst-Melancholie zur fröhlichen Aufbruchsstimmung dieses ungewöhnlich warmen und schönen Frühlings!

Drumm nimm mi i Arm
Als wär's zum allerletschte Mal
Andalusie isch wyt
Und i muess abe i ds Tal.

(Darum nimm mich in den Arm,
als wäre es zum allerletzten Mal.
Andalusien liegt weit weg,
und ich muss runter ins Tal.)

Nun, nicht ich, sondern sie hatte damals das Gefühl, ins Tal runterzumüssen, und zwar nicht nach Andalusien, sondern in ihre alte Heimat Polen. Doch mein Schmerz darüber, dass unsere Umarmung im Frühling vielleicht wirklich die allerletzte gewesen sein könnte, blieb unvermindert stark.

Es isch wie's isch u wär weiss,
Öb mir üs wieder xeh
Vaya con Dios, Adelina, Adelina Ade!

(Es ist, wie es ist, und wer weiss,
ob wir uns wiedersehen.
Gehe mit Gott, Adelina, Adelina ade!)

Adelina war weg. Eine hübsche Pointe der Geschichte war, dass Adelina damals nicht unbedingt mit Gott, aber zu Gott ging: Sie wollte sich einige Zeit in ein polnisches Kloster zurückziehen, in dem ihre Tante Nonne war, um zu sich zu finden und ihren weiteren Lebensweg klarer erkennen zu kön nen.

Das letzte «Adelina» war gesungen. Die anfängliche Gitarre und die später hinzugekommene Orgel hatten sich zum letzten Mal zu jener heiteren Melancholie verbunden, die für mich den Reiz der Ballade ausmachte, und verklangen jetzt im Schlussakkord. In genau diesem Moment – ich schwöre es – klingelte mein iPhone.

Da nicht viele Leute meine Handynummer haben und noch weniger mich zu solch später Stunde anrufen, erriet ich leicht, wer es war. Tatsächlich: Adelina. Wir hatten seit unserem gemeinsamen Fall immer mal wieder telefoniert, meist zu solch nachtschlafender Stunde, uns aber seither nicht mehr leibhaftig getroffen. Umso erfreuter war ich zu hören, dass sie unterwegs zu mir war und am nächsten Morgen ziemlich früh bei mir oben auftauchen würde. Ich bereitete sie darauf vor, dass ich derzeit nicht besonders gut drauf sei, doch sie meinte nur, dem werde sie sicher abhelfen können.

Raureif

Adelina hatte den erstaunten Blick bemerkt, mit dem ich die Grösse ihres Rucksacks taxierte, und fiel gleich mit der Tür ins Haus, indem sie fragte, ob sie einige Tage bei mir bleiben könne. Ich stimmte freudig zu, die Erinnerung an die gemeinsamen Tage im vergangenen Frühjahr war in meinem Gedächtnis als äusserst positive Erfahrung abgespeichert. Und ich liess es mir nicht nehmen, ihren Rucksack selbst zu schultern. Das gehört für mich ebenso wie meine Bereitschaft, sie an der Postauto-Haltestelle im Kaien eigenhändig in Empfang zu nehmen, zum selbstverständlichen Repertoire eines Gentlemans der alten Schule, einer Gattung, für die ich den Ehrgeiz habe, zu beweisen, dass sie auch im Appenzellerland noch nicht ganz ausgestorben ist.

Wohl hatte mich das Abholen ein frühes Aufstehen gekostet, doch diese kleine Unbequemlichkeit wurde mehr als wettgemacht durch die freudigen Empfindungen, die ich beim Anblick Adelinas fühlte. Sie war etwas runder geworden, was ihr ausgezeichnet stand, und sie wirkte auf mich gesund und munter. Dieser Eindruck bestätigte sich im ersten steilen Aufstieg auf einem schmalen Graspfad, den sie spielend bewältigte, ohne ausser Atem zu geraten, obwohl sie mir dabei eine Kurzversion ihres letzten halben Jahres erzählte.

Das meiste kannte ich schon aus unseren nächtlichen Telefonaten, doch ihre Zusammenfassung machte noch einmal deutlicher, dass sich Adelina auf einem guten Weg befand. Der Aufenthalt im polnischen Kloster hatte ihr gutgetan. Sie hatte dort realisiert, dass ihr die Risiken des illegalen Hackens zu gross geworden waren und dass sie den damit verbundenen Nervenkitzel nicht mehr brauchte.

Ihre Talente für das Recherchieren und Verknüpfen von Informationen und Wissen wollte sie fortan auf legalem Wege nutzen. Zunächst tat sie das in Form einer Reihe von Aufträgen für polnische Nichtregierungsorganisationen, die zwar schlecht bezahlt waren, ihr aber so viel Aufmerksamkeit in der Szene eintrugen, dass bald lukrativere Aufträge von kommerziellen Unternehmen eintrafen.

Was ich noch nicht wusste, war, dass Adelina vor Kurzem dank ihrer alten Verbindungen zur Schweiz von einem auf die Bekämpfung von Wirtschaftskriminalität spezialisierten Unternehmen in St. Gallen das Angebot bekommen hatte, sie fest einzustellen.

Das allerdings wollte sie nicht. Ihr war ihre Unabhängigkeit zu wichtig, was ich gut nachfühlen konnte. Stattdessen hatten sich beide Seiten darauf geeinigt, dass sie einige grössere Aufträge als freie Mitarbeiterin übernehmen sollte. Und weil dazu persönliche Besprechungen unabdingbar waren, war sie jetzt für einige Wochen in die Schweiz gereist und wollte bei mir unterkommen, bis sie eine passende Bleibe gefunden hatte.

Sie habe jetzt endgültig die Seiten gewechselt, fasste Adelina ihren Bericht zusammen, und stehe nun auf der Seite der Guten. Allerdings, so fügte sie hinzu, ehe sie das Thema mit einer resoluten Handbewegung abschloss, sei sie sich nicht mehr so sicher, ob die Grenze zwischen den beiden Seiten wirklich so eindeutig und klar verliefe.

Ich wollte nicht weiter nachbohren, um die gute Stimmung nicht zu gefährden, und fragte sie deshalb vorsichtig nach ihrem Privatleben. Nein, einen festen Lebenspartner gebe es nicht, meinte sie lachend, dafür habe ihr im letzten halben Jahr schlicht die Zeit gefehlt, und der Richtige sei ihr auch nicht einfach so über den Weg gelaufen.

Ich registrierte, dass mir diese Mitteilung ein Gefühl von Erleichterung verschaffte, was mich wiederum ziemlich verwirrte. Nur dieser inneren Verwirrung war es zuzuschreiben, dass ich mich stammelnd dafür entschuldigte, dass ich alter Mann mich nach etwas erkundigt hatte, was mich eigentlich gar nichts anging.

Adelina blieb einen Moment lang stehen, betrachtete mich von oben bis unten und meinte dann, so alt sei ich mit meinen etwa sechzig Jahren, wenn sie sich nicht irre, nun auch noch nicht. Zudem hätte ich mich, fügte sie mit einem meine Sinne vollends verwirrenden Lächeln hinzu, damals oben auf dem Hügel gar nicht alt angefühlt.

Ich spürte, wie ich bei diesem Kompliment errötete. Jene Sternstunde oben auf der Hügelkuppe neben meinem Häuschen in der letzten Nacht vor ihrer Abreise war mir das ganze letzte Halbjahr immer präsent gewesen. Dass sich die so viel jüngere Adelina, die nur etwas mehr als halb so viele Lenze erlebt hatte wie ich, daran erinnerte, gab mir beinahe den emotionalen Rest. Ich hoffte inständig, dass Adelina meine rote Gesichtsfarbe und die kleinen Schweissperlen dem jetzt wieder ziemlich steil werdenden Waldsträsschen und dem schweren Rucksack zuschreiben würde.

Sie liess sich jedenfalls nichts anmerken und plauderte munter über unverfänglichere Themen wie die bei uns beiden anhaltende Autolosigkeit. Schon ihre Grossmutter habe gesagt, der kürzeste Weg zur Gesundheit sei der Fussweg, was sie nur bestätigen könne, doch vor allem empfände sie das Leben ohne Auto als befreiend, als Abwerfen von überflüssigem Ballast.

Ich konnte ihr nur zustimmen, war aber nicht ganz unfroh, als wir an der Abzweigung ankamen, von der aus ein fast ebener Waldpfad den Hang entlang bis zum letzten kleinen Aufstieg zu meinem Häuschen führt. Adelina erinnerte sich an den knallgelben Regenschirm, der auch bei Nebel oder Dunkelheit dafür sorgt, dass ich diese letzte Abzweigung erwische, und freute sich darüber, dass manche Dinge bleiben, wie sie sind.

Weil wir gemütlich gegangen waren, hatte der Aufstieg vom Kaien fast eine halbe Stunde gedauert. Ich war froh, endlich den schweren Rucksack abstreifen zu können. Adelina begann gleich, sich häuslich einzurichten, und ich bereitete uns ein ordentliches Appenzeller Frühstück zu, das wir mit Appetit genossen.

Zu den Dingen, die geblieben waren, gehörte unsere gemeinsame Vorliebe für ein gut gewürztes Pfeifchen. Das Wetter war für die frühwinterliche Jahreszeit erstaunlich mild, sodass wir uns raussetzen konnten, wenn auch nur mit der wärmenden Unterstützung einer Jacke.

Auf ihre Frage nach meinem beruflichen Wohlergehen gab es nicht viel zu erzählen. Das Buch über Appenzeller Geheimnisse, das ich während unseres letzten Zusammenseins gerade begonnen hatte, war mittlerweile erschienen. Sie kannte es, ich hatte es ihr geschickt, und sie wusste aus unseren Telefongesprächen, dass es nicht nur gut herausgekommen, sondern auch gut angekommen war. Von meinem neusten Projekt würde ich ihr später erzählen, zumal ich damit noch ganz am Anfang stand.

Nachdem ich Adelinas Retourfrage nach einer festen Partnerin ebenfalls verneinend beantwortet hatte, kamen wir unvermeidlich noch einmal auf den Fall zu sprechen, der uns vor einem halben Jahr gemeinsam beschäftigt hatte, und damit auf die seltsamen Verstrickungen rund um das Geheimrezept des Appenzeller Käses. Plötzlich sah mich Adelina mit einem unergründlichen Blick an und meinte, sie habe das untrügliche Gefühl, dass ich ihr in dieser Sache etwas verheimliche.

Ich schluckte einmal leer ob dieses Beweises für die Existenz weiblicher Intuition und legte ein Geständnis ab. Schliesslich hatte ich schon damals, bei meiner Aufnahme in das Bewahrungskomitee für das Geheimrezept der Kräutersulz des Appenzeller Käses, geahnt, dass es für das von mir ansonsten strikt eingehaltene Gebot, alles rund um diesen Geheimbund geheim zu halten, eine Ausnahme geben würde, nämlich sie, Adelina. Sie war wegen der damaligen Geschichte ernsthaft bedroht gewesen, und so hatte sie in meinen Augen ein Recht darauf, auch deren vorläufiges Ende zu erfahren.

Natürlich schilderte ich ihr das Bewahrungskomitee und seine Tätigkeit nur in groben Zügen, ohne Details zu verraten, und natürlich schwor sie mir danach, das Geheimnis für sich zu bewahren. Damit war die grobe Vergangenheitsbewältigung abgeschlossen.

In das daraufhin entstandene Schweigen hinein forderte mich Adelina unmissverständlich auf, endlich zu erzählen, was mich bedrücke. Froh darüber, die Geschichte einer Vertrauten erzählen zu können, legte ich los.

Vor knapp zwei Wochen, am Dienstagnachmittag, war ich mit Hans Bärlocher verabredet. Mein Bekannter war vor wenigen Wochen in sein abgelegenes kleines Haus gezogen. Ich freute mich darauf, endlich seine Rückzugshöhle, wie er sie selbst nannte, auch von innen zu sehen; von draussen war sie mir auf meinen Streifzügen durch die Gegend natürlich schon aufgefallen.

Das Wetter jenes Tages wurde von einer ungewöhnlich lang anhaltenden Hochdrucklage beherrscht, die in dieser Appenzeller Gegend eine Zweiklassengesellschaft bedeutet: Wir da oben unter einem herbstlich stahlblauen Himmel im vollen Sonnenschein und ihr da unten im Unterland unter einer tagelang grauen Nebeldecke, die so dicht wirkt, dass man sich gar nicht vorstellen kann, wie es hier oben aussieht.

Dabei reicht dieses Unten oft weit hinauf, die Nebelgrenze liegt meist nicht weit unter meinem Hügel. Oft genug ist selbst das Dorf Wald, das etwa hundertfünfzig Höhenmeter weiter unten liegt, schon von den Schwaden eingehüllt, sodass nur noch die Kirchturmspitze aus dem Nebelmeer herausragt. Auch an diesem Dienstag war es so.

Obwohl ich das Häuschen von Hans, das nur rund zwei Kilometer Luftlinie von meinem entfernt liegt, wegen eines dazwischenstehenden Hügels nicht direkt sehen kann, musste ich davon ausgehen, dass es bereits im dichten Nebel steckte. Und weil bei solchen Wetterlagen das Eintauchen in das Nebelmeer echte Überwindung kostet, beschloss ich, nicht den direkten Weg zu nehmen, sondern meinen Fussmarsch mit einem Umweg etwas auszudehnen, um möglichst lange an der Sonne bleiben zu können.

Ich ging also auf schmalem Wiesenpfad zunächst hinunter zum Panamahof. Dieser hat seinen Namen von seinem Erbauer, der als Ingenieur einst bei der Konstruktion des Panamakanals mithalf und dann in seiner Heimat einen Hof mit einer für das Appenzellerland sehr ungewöhnlichen Form baute. Damals scheint das niemanden gestört zu haben, während heutzutage angesichts der strengen Baureglemente ein solches Unterfangen ein Ding der Unmöglichkeit wäre.

Unweit des Panamahofs begegnete ich einem jungen Mann, der eifrig die Kondensstreifen der Düsenjets am Himmel fotografierte. Ich stellte mich ihm als leidenschaftlichen Mit-Fotografen vor und fragte nach den Gründen seiner Motivwahl. Woraufhin er mich mit einem erstaunten, ja fast empörten Blick bedachte und seinerseits fragte, ob ich denn noch nie von den Chemtrails gehört hätte. Nachdem ich das verneint hatte, holte er zu einem fulminanten Vortrag aus: Kondensstreifen am Himmel stammten in Wirklichkeit gar nicht von Flugzeugen, sondern seien Giftwolken, mit denen unheimliche Mächte das Klima verändern wollten und dabei alle Arten von Volkskrankheiten auslösten; und um das zu beweisen, sei er hier am Fotografieren.

Ich hatte keine Lust, mich mit diesem Kondensstreifen-Krieger auf eine Diskussion einzulassen, wer denn wohl die bösen Mächte seien und wie sie einen solchen Krieg gegen das Volk so lange hätten geheim halten können. Anhänger von Verschwörungstheorien glauben zu meiner grossen Verwunderung daran, und über Glauben lässt sich nun mal nicht streiten. Also entfernte ich mich mit einem äusserlich freundlichen Gruss und einem innerlich heftigen Kopfschütteln.

Nach dieser Begegnung der seltsamen Art ging es auf einer kleinen Fahrstrasse hinunter zur Säge und auf der anderen Seite des Sägibachs wieder hinauf. In der Rütiweid nahm ich die Abzweigung nach links und stieg ziemlich steil bis zum Hügel «Chozeren» hinauf. Der Nebel war offenbar in der Nacht bis auf diese Höhe gestiegen, an den schattigen Stellen lag noch der Raureif, der sich daraus gebildet hatte, und verzauberte die braunen Blätter, die erst kurz zuvor aus den Baumkronen zu Boden gesegelt waren, in mit Eiskristallen verzuckerte Kunstwerke.

Von der Hügelkuppe aus führt ein Waldpfad leicht abwärts zu einer Lichtung, auf der ein öffentlich zugängliches Blockhaus steht: die Raststätte im Hau. Meine Routenwahl war nicht zuletzt darin begründet, dass ich mir das Ding mal wieder anschauen wollte, hatte ich doch erst kürzlich gelesen, das Blockhaus sei vor genau einhundert Jahren gebaut worden. Beide Zeitungen des Appenzellerlandes hatten über dieses Jubiläum in Wort und Bild berichtet.

Schon beim Aufstieg war mir dazu zweierlei durch den Kopf gegangen. Zum einen sinnierte ich darüber, dass es das Appenzellerland mit seinen beiden Halbkantonen Innerrhoden und Ausserrhoden trotz seiner insgesamt winzigen Grösse bis heute nicht geschafft hatte, mit einer einzigen Zeitung auszukommen. Nein, für die knapp zwanzigtausend Bewohner von Appenzell Innerrhoden ist nach wie vor der «Appenzeller Volksfreund» zuständig, für die rund fünfzigtausend Ausserrhödlerinnen und Ausserrhödler die «Appenzeller Zeitung». Für einen wenngleich vor geraumer Zeit Eingewanderten wie mich wirkte dieser Halbkantönligeist nach wie vor leicht skurril, um nicht befremdlich sagen zu müssen.

Wie ich aus Gesprächen mit Hans wusste, ging es ihm ganz ähnlich, und wir hatten die eine und andere Stunde damit verbracht, die amüsanten Seiten dieser halbgeschwisterlichen Rivalitäten herauszukitzeln, um darüber lachen oder doch wenigstens schmunzeln zu können. Denn diese skurrilen Seiten gibt es natürlich auch, wie schon die Namensgebung der beiden Zeitungen zeigt: Hier der katholisch-barocke «Volksfreund», da die nüchtern-protestantische «Zeitung».

Meine zweite Überlegung ging dahin, dass es sich beim Appenzellerland eindeutig um eine Gegend handeln musste, die man je nach Temperament und Vorlieben als «ruhig-friedlich» oder aber als «stinklangweilig» bezeichnen konnte. Tatsache jedenfalls war, dass in dieser Gegend so wenig los war, dass es sich beide Zeitungen leisten konnten, ausführlich über das hundertste Jubiläum einer Blockhütte irgendwo in einem abgelegenen Wald zu berichten.

In meinen Empfindungen überwog das Ruhig-Friedliche, da hatte ich ja noch keine Ahnung, was mich kurz darauf erwartete. Der Platz war idyllisch, die Blockhütte zeugte von grundsolider Handwerksarbeit. Der Stifter, ein gewisser

S. Schläpfer-Schläpfer vom Grunholz, hatte es sich nicht nehmen lassen, in der Hütte diverse Holztafeln mit besinnlichen Sprüchen anbringen zu lassen, wie etwa diesen: «Von Waldesfrieden leis umwebt / bist hier vom Gottesgeist umschwebt. / Du schaust schmucke Dörfer nur / die Hügelreih'n, die grüne Flur.»

Dummerweise waren in der Zwischenzeit die Bäume rund um die Hütte so hoch gewachsen, dass sie die Aussicht weitgehend versperrten. Ich grämte mich darob nicht, sondern machte noch ein paar Fotos von der Hütte und den Inschriften und ging weiter talwärts.

Der Weg öffnete sich wieder, und ich konnte, immer noch im prächtigen Sonnenschein, hinüber zu meinem Hügel sehen. Inzwischen war auch der Kirchturm vom schmucken Dorf Wald im Nebel versunken, und ich kam nicht umhin, in die trübe Suppe einzutauchen. Zum Glück kannte ich all diese Wege gut, sodass ich trotz der jetzt kurzen Sichtdistanz keine Orientierungsprobleme hatte. Darüber war ich froh, hatte ich doch genug zu tun, auf den Weg direkt vor mir zu achten, um nicht auf einer der hier klatschnassen Baumwurzeln auszurutschen.

Vorbei am letzten Hof des Weilers Hofguet führte der holprige Pfad durch ein kurzes Waldstück Richtung «Nord», was nicht etwa die Himmelsrichtung bedeutete, sondern einen Flurnamen. Ein kurzer, steiler Abstieg noch über ein rutschiges Steinsträsschen. Ich war fast da, und das Häuschen, in dem Hans lebte, tauchte aus den Nebelschwaden auf.

Dieses Häuschen war, wie ich von ihm erfahren hatte, vor Jahrzehnten, als es noch keine Zonenpläne und Bauordnungen gab, als Ferienhaus gebaut und von den Besitzern immer liebevoll gepflegt und ausgebaut worden. Es war im klassischen Appenzeller Stil errichtet, erstreckte sich über drei Stockwerke und besass eine Vorderfront aus Holzschindeln. Als die Besitzer alt wurden und den Weg aus dem (aus Appenzeller Sicht) fernen Zürich nicht mehr schafften, suchten sie nach einer Lösung. Niemand aus der Familie wollte das kleine Haus übernehmen, doch einfach an einen Fremden verkaufen wollten sie auch nicht, dafür hingen sie zu sehr daran. Deshalb beschlossen sie, es zunächst zu behalten, es aber wenn möglich zu vermieten, damit es nicht ganz ungenutzt in der Gegend herumstünde.

Gewundert hatte es mich nicht, dass sich niemand um das kleine Haus riss, denn es liegt wirklich am Arsch der Welt. Die kleine, immerhin asphaltierte Zugangsstrasse hat ziemlich ruppige Steigungen und liegt vor allem so im Schatten, dass sie im Winter oft vereist bleibt. Erst nach rund zwei Kilometern stösst sie auf die Hauptstrasse zwischen Wald und Trogen, und erst dort ist auch die nächste Bushaltestelle, ausgerechnet jene namens «Bleiche», die unserem ersten Fall den Namen gegeben hat.

An dieser Stelle meiner Erzählung hob Adelina deutlich sichtbar die Brauen, was ich als Aufforderung interpretierte, endlich zur Sache zur kommen.

Vorher aber musste ich doch noch ergänzend erklären, warum die Lage des Häuschens von Hans so unattraktiv ist: Man hat nämlich fast keine Aussicht. Die Hinterfront liegt direkt am Waldrand, und auf zwei weiteren Seiten versperrt der Wald jede Aussicht. In der einzig offenen Richtung sieht man nur den Abhang des Hügels, der sich am Standort des Häuschens passenderweise genügend abflacht, um darauf bauen zu können.

Die schmale Zugangsstrasse führt danach nur noch wenige Meter weiter und endet mitten im Wald. Danach kommt noch einmal eine Lichtung mit einem Ferienhaus darauf, dann folgt nur noch ein Fussweg. Keine Spur also von Durchgangsverkehr.

Doch genau das, was andere davon abgehalten hätte, sich dort einzunisten, war es, was das Häuschen für Hans attraktiv machte. Er befände sich, so hatte er mir gestanden, seit geraumer Zeit irgendwo im Niemandsland zwischen Lebensmelancholie und Depression und brauche deshalb einen Platz weit weg, an dem er sich verkriechen und sich seinen Selbstheilungskräften überlassen könne, eine Rückzugshöhle also.

Und die hatte er gefunden. Hans sass, ganz im Gegensatz zu mir, in seinen besseren Phasen gerne in den örtlichen Wirtshäusern herum und hatte so von den Vermietungsplänen der Zürcher Hausbesitzer gehört. Man war sich schnell einig geworden, nicht zuletzt wegen des nicht gerade stürmischen Andrangs auf das Mietobjekt. So war Hans vor einigen Wochen eingezogen und fühlte sich, wie ich von ihm selbst und gemeinsamen Bekannten gehört hatte, dort so wohl, wie es seine Seelenlage eben erlaubte. Und ich würde bald zum ersten Mal sehen, wie er sich in seiner Höhle eingerichtet hatte.

Einen Klingelknopf gab es nicht. Also klopfte ich an die Haustür. Keine Reaktion. Ich klopfte erneut, diesmal deutlich energischer. Wieder nichts. Nur eine Stille, die langsam einen beängstigenden Unterton annahm. Als auch beim dritten Klopfen keine Reaktion erfolgte, drückte ich die Türklinke. Die Tür war unverschlossen. Ich betrat das kleine Haus.

Natürlich stiess ich mir auch hier erst mal den Kopf an einem Querbalken an. Diese niedrig gebauten Appenzeller Häuser sind einfach nichts für meine Körperlänge. Für Hans, dachte ich noch, müsste es erträglicher sein. Er ist fast zwanzig Zentimeter kürzer als ich und hat so in diesen niedrigen Räumen genau das Höhlenfeeling, das er sucht.

Doch von diesem Hans war nichts zu sehen. Die Küche, die ich als Erstes berat, war sauber aufgeräumt, und dasselbe galt für die übrigen Räume. Ich war froh zu sehen, dass Hans offenbar gut für sich sorgte und sich nicht vernachlässigte. Meine Beunruhigung jedoch, weil sich nirgendwo eine Spur von ihm fand, wuchs, zumal ich auf seinem Schreibtisch den aufgeklappten Laptop fand. Darauf lief nach meinem ersten Tastendruck ein ziemlich psychedelischer Bildschirmschoner in bunten Farben, was gut zu Hans passte. Ich tippte ein zweites Mal auf die Leertaste. Der Bildschirmschoner verschwand, sichtbar wurde stattdessen der digitale Terminkalender von Hans. Dort gab es in der aktuellen Woche einen einzigen Eintrag: Dienstag, circa vierzehn Uhr, Franz Eugster, Buchprojekt.

Nun, ich war da, Dienstag war heute auch, und ein Blick auf die Uhr meines iPhones, die ich als einzigen Zeitmesser benutze, zeigte vierzehn Uhr vier. Einen Moment lang hatte ich schon befürchtet, in meinem Kopf sei wegen dieses Termins etwas durcheinandergeraten, gleichsam als Vorbote unliebsamer Alterserscheinungen. Jetzt war ich beruhigt, der Termin stimmte.

Und auch das Buchprojekt, das Hans als Grund unseres Treffens in seinen Terminkalender eingetragen hatte, gibt es tatsächlich. Es ist identisch mit jenem, das ich Adelina vorhin kurz angedeutet hatte, und trägt den Arbeitstitel «Appenzeller Räusche».

Deswegen waren Hans und ich überhaupt zusammengekommen. Meine Zugehörigkeit zum Bewahrungskomitee für das Geheimrezept der Kräutersulz für den Appenzeller Käse hatte mir auch engere Kontakte zu den Verantwortlichen der Produzenten von Appenzeller Alpenbitter gebracht – zwischen den beiden Firmen bestehen enge Kontakte, die nicht einmal geheim sind. Meine Kontaktperson bei Alpenbitter hatte mir eines Tages erzählt, ein gewisser Hans Bärlocher sei zu ihm mit einem Buchprojekt gekommen. Inspiriert von der Ankündigung einer Ausstellung im Antikenmuseum Basel, genauer von der Ausstellung «Sex, Drugs und Leierspiel. Rausch und Ekstase in der Antike», hätte er vorgeschlagen, dem Thema im Appenzellerland nachzugehen und daraus ein Buch zu machen.

Die Verantwortlichen von Alpenbitter waren zunächst skeptisch, vor allem, weil das Wort «Drogen» vorkam. Man hatte sich dann auf das unverfänglichere Wort «Rausch» geeinigt, und Appenzeller Alpenbitter war sogar bereit, einen kleinen Projektierungskredit für erste Abklärungen zu genehmigen, sofern ich für Gegenwart und Zukunft des Themas zuständig sei und Hans für die Vergangenheit.

Hans ist, das heisst nun leider war, nämlich studierter Historiker. Allerdings hatte er sich bald nach seinem Studium selbst aus der akademischen Laufbahn herauskatapultiert, und auch eine Anstellung als Hofhistoriker eines Grosskonzerns kam für ihn nie in Frage. Stattdessen hatte er sich selbstständig gemacht und im Laufe der Jahre diverse historische Projekte betreut, die er sich meistens selbst ausgedacht und dann – mühsam genug – von Sponsoren hatte finanzieren lassen. Das hatte er zwei Jahrzehnte lang, Hans war zum Zeitpunkt seines Ablebens Mitte vierzig, ziemlich erfolgreich betrieben. In einschlägigen Kreisen hatte er einen gewissen Bekanntheitsgrad wegen seines Talents, geschichtliche Themen so zu präsentieren, dass sie auch Kinder und Jugendliche faszinierten. Das hatte mir, als ich es erfuhr, imponiert. Ich glaube wie Hans an den Grundsatz, es gebe keine Zukunft ohne Herkunft, eine Ahnung von Geschichte gehöre also zur geistigen Grundausstattung des Menschen.

Vor einiger Zeit hat ihn dann seine langjährige grosse Liebe verlassen, und das ausgerechnet wegen eines geistlosen Schnösels von Banker, wie Hans ihn bezeichnet hatte. Das hatte Hans in seine depressive Phase gestürzt, aus der er sich in seinem Häuschen selbst befreien wollte. Natürlich hatte ihn dieser seelische Sumpf auch viel seiner kreativen Kräfte gekostet, sodass er einige Monate lang nur noch das Nötigste gearbeitet hatte.

Zwar munkelte man, eine solche Tätigkeit könne gar nicht genug einbringen, um selbst bescheidene finanzielle Bedürfnisse zu befriedigen, er müsse folglich noch andere Einnahmequellen haben. Doch da Hans sich bei Fragen nach seinen pekuniären Verhältnissen ausgesprochen bockig gezeigt hatte, stellte man solches Fragen schnell ein und gab sich mit der Haltung zufrieden, das sei schliesslich seine Sache.

Das Buch über Appenzeller Räusche war für Hans das erste grössere Projekt seit geraumer Zeit, und er freute sich darauf. Wir hatten es schon einmal andiskutiert und wollten jetzt unsere Überlegungen zum Konzept vertiefen. Bereits das bisschen Austausch, das wir bisher per Mail und Telefon und einmal auch in einer persönlichen Begegnung oben auf meinem Hügel gepflegt hatten, hatte mir einen Geistesverwandten präsentiert. Ihm wie mir war geistige Unabhängigkeit heilig. Er wie ich interessierte sich für alle möglichen Themenfelder, solange diese nur einigermassen abseits lagen. Und dazu gehörten für uns beide unbestritten Themen wie Appenzeller Räusche.

So war es kein Wunder, dass wir uns guten Mutes an das gemeinsame Projekt machen wollten, zumal wir uns gut ergänzten. Mir war das Historische nicht gänzlich fremd, solange es um die grossen Zusammenhänge ging. Doch als ich einst ein Studium der Geschichte begann, habe ich schnell gelernt, dass ich nicht über das Gen verfüge, das einen gerne in staubigen Urkunden, die auch noch in Latein oder einem fremdartigen Deutsch geschrieben sind, wühlen lässt. Hans dagegen verfügte eindeutig über dieses Gen, er stöberte lustvoll in alten Quellen und hatte einen untrüglichen Blick für das Detail.

Meine Wenigkeit dagegen hatte in den Jahren ihrer lokaljournalistischen Laufbahn, die eines Tages jäh abbrach, gelernt, gute Storys über die Gegenwart zu entdecken und zu schreiben und gelegentlich auch einen Blick voraus auf mögliche zukünftige Entwicklungen zu werfen. Irgendwie hatte ich eine Ahnung, dass Appenzeller Räusche ein Thema mit Zukunft werden könnte. Da sich auch darüber mit Hans angeregt plaudern liess, hatte ich mich richtig darauf gefreut, jetzt mit ihm das Konzept weiterzuentwickeln.

Doch da war kein Hans. Ich warf einen Blick in jeden Raum. Im Schlafzimmer füllte ein breites Doppelbett fast den ganzen Raum. Hans hatte also nicht vor, lauter einsame Nächte zu verbringen, doch ich hatte keine Ahnung von seinem aktuellen Liebesleben und konnte deshalb nur spekulieren, ob das Bett momentanen oder erst künftigen Bedürfnissen nach Zweisamkeit diente.

Auch im kleinen abgeschrägten Zimmer direkt unter dem Dachfirst fand sich nichts ausser vielen Büchern und Archivschachteln. Offenbar benutzte Hans dieses Zimmer, das selbst ihm zu niedrig sein musste, als Archivraum. Im Wohnzimmer, das zugleich Büro war, fand ich keinen Hinweis, ebenso wenig wie in den Kellerräumen, in denen ich nur eine offenbar noch von den Vorbewohnern angelegte Werkzeugsammlung fand. Schliesslich ging ich noch einmal in die Küche und entdeckte dort im Spülbecken zwei offensichtlich benutzte Gläser.

Das hiess nicht unbedingt, dass Hans an diesem Vormittag Besuch gehabt hatte. Als er damals bei mir oben war, hatte er mich nämlich gebeten, den zweiten Saft in einem frischen Glas zu servieren, er hätte da so einen kleinen Spleen, nie zweimal aus demselben Gefäss zu trinken. Ich pflege selbst so viele Schrullen, dass ich von meinen Mitmenschen eine tolerante Haltung erhoffen muss, und bin den Spleens anderer Leute gegenüber deshalb nachsichtig. So habe ich mich auch darüber nicht weiter gewundert.

Ich nahm eines der Gläser in die Hand und schnüffelte daran. Ausser dem nicht gerade attraktiven Geruch von abgestandenem Grapefruitsaft stieg nichts in meine Nase. Da es im Haus offenbar nichts weiter zu entdecken gab, beschloss ich, auch mal draussen nachzusehen.

Im später als das Haus erbauten Schuppen aus Holz stand das Auto von Hans. Es handelte sich um eine ziemliche Rostlaube. Hans fuhr auch nicht gerne, kam aber jetzt bei seinem abgelegenen Wohnort nicht darum herum, ab und zu seinen kleinen Renault zu benutzen, der sich fast immer als klaglos funktionierendes Vehikel erwies, wie er mir mal erzählt hatte. Jetzt jedenfalls war der Wagen da, woraus ich messerscharf schloss, dass Hans nicht damit weggefahren sein konnte.

Mittlerweile hatte sich offenbar die Nebeldecke leicht gesenkt, was bedeutete, dass ich mitten in der besonders dichten Schicht steckte. Der Bretterzaun, der das ganze Grundstück mit Haus, Garage und winzigem Garten umschloss, war auf wenige Meter Distanz nur undeutlich zu sehen, wenngleich ich wahrnehmen konnte, dass er vor Nässe troff.

Innerhalb des Zauns fand ich nichts Auffälliges. So trat ich vom Platz zwischen Haus und Autoschuppen hinaus auf die kleine Zufahrtsstrasse und ging den Zaun entlang nach Westen. Nach wenigen Metern bog dieser rechts ab in eine kleine Wiese und führte zum unweit gelegenen Waldrand. Ich trat etwas zögerlich auf das Gras, immer noch dem Zaun von aussen folgend. Direkt an den Brettern wuchs eine etwa drei Meter hohe Fichte. Auch dahinter fand ich nichts ausser einer immer noch erstaunlich grünen Wiese.

Für einen Moment wurde der Nebel etwas dünner, sodass ich etwa ein Dutzend Meter weit sehen konnte, gerade genug, um die zum Haus gehörende Satellitenschüssel zu entdecken, die direkt am Waldrand ungefähr einen halben Meter über Boden an einem breiten Sockel angebracht war. Einem plötzlichen Impuls folgend, schritt ich dorthin. Direkt hinter der Schüssel, also mit Beginn des Waldes, begann der Hang abzufallen, runter zur Schlucht des Sägibachs. Und dort, hinter der Satellitenschüssel und deswegen nicht einsehbar, lag er. Hans Bärlocher.

Er lag ausgestreckt da, ganz friedlich eigentlich, und ohne sichtbare Verletzungen. Einen Moment lang hoffte ich, er hätte einfach etwas zu viel getrunken und schliefe dort im Gras jetzt seinen Rausch aus. Doch bald wurde mir klar, dass es sich hier um den ewigen Schlaf handelte. Als ich seinen Puls messen wollte, fühlte sich sein Handgelenk eiskalt an.

Unter Verdacht

An dieser Stelle meiner Erzählung erhob sich Adelina spontan aus ihrem Sessel, kam zu mir rüber, beugte sich über mich, umarmte mich, drückte mir einen Kuss auf die Wange und bemitleidete mich ausreichend mit Worten. Ausgerechnet ich, das Sensibelchen, das keiner Fliege was zuleide tun könne, sei schon wieder mit einer so brutal harten Tatsache wie einem Leichenfund konfrontiert worden!

Das mit den Fliegen stimmte zwar nicht wörtlich – während der Saison ist auch bei mir die Fliegenklatsche in häufigem Gebrauch –, wohl aber symbolisch, und nach den ganzen Aufregungen der letzten Tage tat mir Adelinas feinfühliger Trost ausgesprochen wohl. Tatsächlich habe ich lieber meine ungestörte Ruhe als irgendwelchen Trubel, und die Ereignisse der letzten Zeit hatten meinen Stresslevel beträchtlich erhöht. Doch das Leben hält sich nicht immer an die eigenen Bedürfnisse und Erwartungen.

Solchermassen philosophisch und mit Speis, Trank und Rauch auch sonst gestärkt, konnte ich mit meiner Erzählung fortfahren.

Karl Abderhalden, Chef der Kriminalpolizei des Kantons Appenzell Ausserrhoden und mit mir seit Längerem bekannt und in gewisser Weise freundschaftlich verbunden, sass im ersten Polizeiauto, das eine knappe Viertelstunde nach meinem Alarmruf auf dem schmalen Strässchen vom nahen Trogen recht halsbrecherisch heranbrauste. Nachdem er zufällig mitbekommen hatte, wer der Leichenfinder war, hatte er es sich nicht nehmen lassen, persönlich am Fundort zu erscheinen.

Ich hätte ja wohl, frotzelte er gleich zur Begrüssung, einen neuen Beruf, ja eine neue Berufung gefunden, nämlich jene des Leichenaufspürens. Ob das ihnen, also der Polizei, die Arbeit erleichtere oder erschwere, müsse sich noch herausstellen. Er frage sich allerdings, ob dieses neue Tätigkeitsfeld nicht in Konflikt mit einem anderen gerate, jenem, die Marke Appenzell möglichst gut darzustellen und zu verkaufen. Denn das Appenzellerland sei weltbekannt als heile Welt, und in einer solchen dürfe es doch keinen Mord und Totschlag geben, wenngleich er als Polizeichef natürlich wüsste, dass das mit der heilen Welt mehr Mythos als Realität sei.

Danach wurde Karl rasch wieder amtlich und hörte sich im Beisein jenes jungen und forschen Kriminalbeamten, mit dem ich bei meinem ersten Leichenfund schon konfrontiert worden war und der mir nicht in bester Erinnerung geblieben war, eine Kurzversion jener Geschichte an, die ich Adelina gerade erzählt hatte. Der junge Beamte, ein gewisser Stocker, machte sich eifrig Notizen, während Karl mir mit gelegentlichem Nachfragen half, auf der Erzählspur zu bleiben.

Ich erzählte gerade vom Fund der Leiche, als der Kleinbus mit der Amtsärztin und dem Team der Spurensicherung eintraf. Allesamt waren die Spezialisten in futuristische weisse Schutzanzüge gehüllt und hatten Masken vor dem Gesicht. Der Anblick erinnert schon in Fernsehkrimis an Science-Fiction, doch hier, in der Realität eines weit abgelegenen, neblig feuchten Waldrands, wirkte er vollends surreal. Einzig die Satellitenschüssel, hinter der die Leiche von Hans Bärlocher noch immer lag, passte gut zum Ballett der Weltraumanzüge, das sich da in den gemächlichen Schrittfolgen von mit sicherer Routine ausgeführten Arbeiten entfaltete.

Gute Aufnahmen vom Fundort erwiesen sich als schwierig, lag doch die Leiche direkt am steilen Abhang hinunter zum Bach, sodass, um auch von dieser Seite Bilder machen zu können, erst ein Sicherungsseil aus dem Bus herangeschafft und fixiert werden musste, mit dem der Fotograf gehalten wurde. Es dauerte also einige Zeit, bis die Amtsärztin sich die Leiche eingehender anschauen konnte. Sie kam zum Ergebnis, es sehe nach Herzstillstand aus, und Anzeichen von Fremdeinwirkung könne sie auf den ersten Blick nicht feststellen. Nach dem ungefähren Todeszeitpunkt gefragt, wollte sie sich nicht auf mehr als ein «irgendwann gestern am späteren Abend» festlegen, sie müsse auch erst die kalten Nachttemperaturen einrechnen, denn es sehe sehr so aus, als ob die Leiche die ganze Nacht draussen gelegen habe, und überhaupt ergebe sich wie immer Näheres erst durch die Obduktion.

Nachdem sie somit alle aus sämtlichen Krimis sattsam bekannten Klischees erfüllt hatte, zog sie ab. Die Spurensucher bewegten sich ins Häuschen, nicht ohne mir zuvor mit Hilfe eines mobilen Digitalgeräts meine Fingerabdrücke und mit Hilfe des berühmten Wattestäbchens im Mund meine DNA abgeluchst zu haben. Ich fragte Karl, ob das nicht ein etwas übertriebener Mitteleinsatz sei. Er antwortete, nachdem ich schon zugegeben hätte, vor dem Fund der Leiche im Häuschen gewesen zu sein, müsse das zur Identifizierung meiner Spuren sein, was mir einleuchtete.

Im Übrigen gebe es zwar momentan keine Hinweise auf ein Gewaltverbrechen, doch ein gesunder Mann von Mitte vierzig sterbe nicht einfach so an einem Herzversagen, und schon gar nicht an diesem Ort mitten in der Nacht. Deshalb wolle er sich alle Möglichkeiten offenhalten, wozu eben auch das volle Programm der Spurensicherung gehöre. Jetzt aber solle ich mich gefälligst schleichen, ich hätte ohnehin schon zu viel mitbekommen, und er habe jetzt seine Arbeit zu tun. Ich verabschiedete mich also, wobei ich dem Beamten Stocker zusichern musste, persönlich am übernächsten Tag auf dem Polizeiposten in Trogen zu erscheinen. Ein Blick auf die digitale Uhr meines iPhones zeigte mir, dass ich es mit einem strammen Fussmarsch gerade rechtzeitig zur Abfahrt des nächsten Busses an der Haltestelle «Bleiche» schaffen würde.

Am nächsten Tag kam ich nicht zum Arbeiten. Zu sehr dominierte vor meinem inneren Auge das Bild von Hans Bärlocher, wie er da in den Zweigen des Waldrands lag, mit einem friedlichen Ausdruck auf dem Gesicht von unten staunend in die Baumkronen schaute, doch leider unübersehbar tot war.

Auch mir kam die Idee eines natürlichen Todes eher unwahrscheinlich vor. Ich hatte Hans als gesunden und fitten

Mittvierziger erlebt. Und auch mich irritierte der Fundort. Gut, theoretisch hätte es sein können, dass der abendliche Fernsehempfang gestört gewesen wäre, was Hans dazu hätte verleiten können, draussen bei der Satellitenschüssel nachzusehen, ob sich das Problem allenfalls dort lokalisieren liesse. Doch erstens konnte Hans, wie er mir selbst gestanden hatte, mit Technik nicht das Geringste anfangen, was eine derartige nächtliche Expedition unwahrscheinlich machte. Zweitens hätte es dafür eine Taschenlampe gebraucht, und eine solche hatte ich jedenfalls nicht gesehen. Ich beschloss, bei meinem Polizeibesuch den Kriminalchef danach zu fragen. Die Ungewissheit darüber, auf welche Weise der Tote ums Leben gekommen war und warum, machte mir jetzt, weil ich diesen Menschen gekannt hatte, weit mehr zu schaffen als beim Fund der Leiche in der Bleiche.

Nur Grizzly, der silbergraue Kater, der eigentlich meinen Nachbarn gehört, aber die meiste Zeit bei mir verbringt, lenkte mich an diesem Tag mit besonders lautem Schnurren und ein paar Wollknäuel-Spässen von meinen trübsinnigen Gedanken ab.

Adelina kannte und mochte Grizzly ebenfalls und fragte deshalb nach seinem Verbleib, worauf er just in diesem Moment durch die eigens für ihn angebrachte Katzenklappe kroch, sich stolz aufrichtete und auf einen Schoss sprang – nicht etwa auf meinen, das ungetreue Viech, sondern auf Adelinas, wo er alsbald mit sattem Schnurren kundtat, wie wohl er sich fühlte. So lautstark übrigens, dass ich die Stimme heben musste, als ich weitererzählte.

Polizeileutnant Stocker hatte aufgrund seiner emsigen Notizen vom Tatort bereits ein Protokoll vorbereitet und ausgedruckt. Es enthielt im Wesentlichen die Geschichte, die ich Adelina eben erzählt hatte. Für meinen Geschmack war Stocker etwas übereifrig ins Detail gegangen, doch das Protokoll enthielt die Wahrheit. Wenn auch nicht die ganze.

Ich wollte schon zum Stift greifen, um das Protokoll zu unterzeichnen, als mein Blick auf die Titelzeile fiel. Da stand doch tatsächlich «Vernehmungsprotokoll mit dem Beschuldigten: Franz Eugster». Auf meine empörte Nachfrage rechtfertigte sich Stocker damit, dass es genügend Verdachtsmomente gebe. Meine Fingerabdrücke seien auf einem Glas und auf dem Laptop nachgewiesen worden – ich sei also offenkundig am Tatort gewesen und hätte die Gelegenheit gehabt, Hans Bärlocher umzubringen.

Karl Abderhalden war mittlerweile zu Stocker und mir in das Vernehmungszimmer gekommen und hatte uns offenbar schon eine Weile belauscht. Jedenfalls ergriff er jetzt das Wort und wies seinen Untergebenen darauf hin, dass im berühmten kriminalistischen Dreiklang neben Anwesenheit am Tatort und Gelegenheit zur Tat das dritte Element niemals fehlen dürfe, und das sei das Motiv. Ob er, Stocker, ein solches bei mir sehen könne, verlangte er zu wissen. Als dieser kleinlaut verneinte, wies ihn Karl an, gefälligst aus der Vernehmung eines Beschuldigten ein normales Zeugenprotokoll zu machen. Der so Gescholtene tat, wie ihm geheissen, für meine Empfindung etwas gar zu duckmäuserisch, doch letztlich war mir das hierarchische Verhältnis innerhalb der Appenzeller Kriminalpolizei relativ egal. Ich war froh, als das bereinigte Protokoll endlich ausgedruckt und unterschrieben war.

Karl hatte zwischenzeitlich das Vernehmungszimmer verlassen. Jetzt erschien er nochmals kurz unter der Tür, um mitzuteilen, er ginge in den Feierabend und werde sich als Erstes einen schönen Apéro in der «Krone» nebenan genehmigen. Dabei zwinkerte er mir, von Stocker unbemerkt, verschwörerisch zu. Ich verstand den Wink, verabschiedete mich umständlich von Stocker, drehte noch zwei, drei Runden um den Dorfplatz und betrat dann die «Krone», wo Karl an einem abseits gelegenen Tisch sass, vor sich schon eine Karaffe mit einem halben Liter Weisswein und zwei Gläsern.

Karl entschuldigte sich zunächst für das forsche Auftreten seines Untergegeben. Er sei halt ein ganz Ehrgeiziger, was ja manchmal ganz gut sei, aber gelegentlich müsse man ihn bremsen.

Solange er, Karl, mich nicht verdächtige, könne ich damit leben, entgegnete ich, doch er solle mir endlich erklären, was eigentlich los sei. Vor allem hätte ich gerne eine Frage beantwortet, die mir im ersten Schock ob Stockers Verdacht gar nicht gekommen sei, obwohl sie auf der Hand gelegen habe: Wenn es einen Verdacht und Angeschuldigte gebe, so hiesse das ja wohl, dass Hans Bärlocher nicht auf natürliche Weise zu Tode gekommen sei, sondern dass ein Tötungsdelikt vorliege. Ob meine Logik wohl stimme?

Karl zog sich zunächst auf die Rolle des Chefs der Kriminalpolizei zurück, der natürlich keine Untersuchungsergebnisse ausplaudern dürfe.

Nachdem er sich eine Weile gewunden hatte, liess er sich von meinem Argument, als Freund des Toten und Finder seiner Leiche hätte ich doch wohl ein gewisses moralisches Anrecht auf Transparenz, doch überzeugen und vertraute mir unter dem bereits oft erprobten freundschaftlichen Siegel der Verschwiegenheit an, was die Polizei in diesem Fall bisher wusste.

Die Todesursache war tatsächlich und zweifelsfrei ein Herzversagen gewesen, eingetreten zwischen acht und neun Uhr abends. Die Frage war also, ob es sich um ein spontanes und natürliches Ereignis gehandelt hatte oder um eines, dem künstlich nachgeholfen worden war. Hans Bärlocher war gesund und fit gewesen, doch selbst bei solchen Menschen kommt ein unerklärlicher Herzstillstand manchmal vor, wenn auch selten.

Für Mord sprachen mehrere Indizien. Zunächst waren in dem Glas, an dem ich gerochen hatte, eindeutige Reste von Gamma-Hydroxybuttersäure, kurz GHB, im Grapefruitsaft nachgewiesen worden. Davon hatte sogar ich schon gehört. Karl bestätigte mir, dass das Zeug auch unter dem Namen K.-o.-Tropfen liefe, weil man damit, hoch genug dosiert, Leute tatsächlich flachlegen könne, und zwar so, dass sie sich nachher an nichts mehr erinnerten. Ob Hans Bärlocher allerdings tatsächlich solche K.-o.-Tropfen intus gehabt habe, wisse man leider nicht. Der Stoff habe die für Kriminalisten unangenehme Eigenschaft, sich selbst so schnell abzubauen, dass die davon noch vorhandene Menge schon nach zwölf Stunden unter die Nachweisgrenze gesunken sei. In diesem Fall seien zwischen der vermuteten Einnahme und der Laborsuche fast vierundzwanzig Stunden vergangen, also keine Chance mehr.

Auf meinen Einwand hin, GHB sei meines Wissens nicht tödlich, entgegnete Karl, das stimme, jedenfalls für gesunde Menschen wie das Opfer. Doch man habe bei der Obduktion der Leiche noch etwas anderes entdeckt, nämlich ein Einstichloch am linken äusseren Oberarm, das eindeutig von einer frisch gesetzten Injektionsnadel stamme, also von dem, was man landläufig eine Spritze nenne.

Der Verdacht liege also nahe, dass der Mörder das Opfer zunächst mit K.-o.-Tropfen betäubt und ihm dann in aller Ruhe eine Substanz injiziert habe, die zum Herzstillstand führte. Deswegen sei jetzt eine eingehende toxikologische Analyse veranlasst worden, um eine solche Substanz zu finden. Bis Ergebnisse vorlägen, würde es allerdings wesentlich länger dauern als in den Fernsehkrimis, nämlich etwa eine Woche.

Karl versprach mir, mich über die Ergebnisse zu informieren, fügte jedoch gleich hinzu, er mache sich keine grossen Hoffnungen, dass etwas gefunden werden würde. Ja, er würde mit mir nicht nur um eine Flasche guten Rotweins, sondern gleich um eine ganze Kiste wetten, dass man nichts finden würde. Es gebe sehr wohl tödliche Substanzen, die sich sehr schnell abbauen und deswegen kaum nachweisbar sind, vor allem dann, wenn man sie nicht gleich nach Todeseintritt suchen könne. Natürlich seien diese Substanzen ein wohl gehütetes Geheimnis, doch sei ebenso klar, dass es Profikiller und kriminelle Organisationen gebe, die über das einschlägige Wissen verfügten. Mal ganz abgesehen davon, dass auch die Polizei nicht ausschliessen könne, es gebe weitere, von denen sie noch nichts wisse.

Ich bremste Karls Höhenflug mit dem Hinweis, ich würde grundsätzlich nicht wetten, und schon gar nicht in diesem Fall, denn er sei hier der Fachmann und nicht ich, weshalb ich keinen Grund dafür sähe, auf die Gegenposition zu setzen. Karl schien nicht sehr überrascht ob meiner Weigerung zu wetten, und meinte nur trocken, die Wette hätte er mit Sicherheit gewonnen, denn alle Indizien deuteten tatsächlich auf einen Profikiller hin.

Zunächst mal gab es keine Zeugen. Die nächsten Nachbarn, die in einigen hundert Metern Entfernung in einem Bauernhaus direkt am Strässchen zum Haus von Hans lebten, waren am fraglichen Abend als ganze Familie bei der Vorführung des Schultheaters in der Kantonsschule Trogen gewesen, und in den Häusern weiter unten lebten die Bewohner ohnehin nur sporadisch oder hatten nichts Auffälliges bemerkt.

Nun war die Vermeidung lästiger Zeugen an diesem Ort am Ende der Welt allein noch kein kriminelles Meisterstück. Schon eher auf einen Profi hin wies das Fehlen jeglicher Spuren im Haus. Frische Fingerabdrücke wurden ausser jenen von Hans und den paar von mir keine gefunden, ebenso wenig sonstige verwertbare Hinterlassenschaften. Das Glas, das ich in die Hand genommen hatte, wies nur meine Fingerabdrücke auf, nicht mal jene von Hans, es war offenbar sorgfältig und professionell abgewischt worden.

Auch die Vorgehensweise wirkte professionell: Jemanden erst zu betäuben, ehe man ihm die tödliche Spritze setzt, verhindert, dass sich das Opfer noch wehrt, was zu auswertbaren Kampfspuren führen kann. Deshalb tippte Karl auf einen Profi, von dem er sich fast sicher war, dass er ein nicht nachweisbares Gift einsetzen würde, um auch da jegliche Spur zu verwischen.

Ich fragte Karl, ob er denn angesichts seiner düsteren Einschätzung der Lage überhaupt noch eine Chance sehe, den Fall aufzuklären. Er bestellte zunächst einen zweiten Halben und erläuterte mir dann, warum er den Eindruck nicht loswerde, dass da etwas nicht stimme. Zwar würde alles auf einen Profikiller hinweisen. Aber sie hätten nichts, aber auch gar nichts gefunden, was irgendeinen Hinweis darauf geben könnte, wie und warum der harmlose Hans Bärlocher ins Visier eines solchen habe geraten können.

Natürlich hatten sie den Laptop, auf dem unser Termin vermerkt war, gründlich untersucht, was schon deswegen einfach gewesen war, weil Hans gar nicht auf die Idee gekommen war, den Zugang zu seinem Computer mit einem Passwort zu schützen. Das Dumme war nur: Der Laptop war brandneu und erst vor zwei Wochen installiert worden. Offenbar waren vom Vorgängermodell diverse Dateien überspielt worden, doch diese beschränkten sich auf Dokumentationen der früheren Projekte und auf einige erste Dokumente und Überlegungen in einem Ordner, den Hans für unser gemeinsames Projekt über Appenzeller Räusche angelegt hatte. Dazu kamen ein paar harmlose Fotos und eine grössere Musikdatei. Das Vorgängermodell, das es zweifelsfrei gegeben haben musste, war nirgends zu finden. Auch die Hoffnung, es sei vielleicht in einem Computerladen gegen das neue Modell eingetauscht worden, zerschlug sich bald, als man die bereits bezahlte Rechnung für den neuen Laptop fand, aus der hervorging, dass dieser im Internet bestellt und per Post geliefert worden war. Damit gab es keine Chance herauszufinden, ob sich auf dem alten Computer brisanteres Material befunden hatte als auf dem neuen. Selbst wenn entsprechende Dateien gelöscht geworden wären, hätte es eine gute Chance gegeben, sie zu rekonstruieren, doch da sich kein alter Computer fand, war diese Frage irrelevant.

Wohin Hans in diesen beiden letzten Wochen gesurft war, liess sich problemlos rekonstruieren, ebenso sein spärlicher Mail-Verkehr, doch selbst eine blühende Phantasie hätte nicht ausgereicht, um darin irgendeinen Zusammenhang mit einem Profikiller zu entdecken. Seine sozialen Kontakte schienen spärlich, sein digitales Adressbuch umfasste nicht mehr als zwei Dutzend Namen, lauter unbescholtene Bürgerinnen und Bürger, die nicht mal auf den Gedanken kämen, einen Profikiller anzuheuern, geschweige denn wüssten, wie man das macht. Erste Befragungen dieses spärlichen Bekanntennetzes hatten bestätigt, dass die Kontakte mit Hans sehr spärlich gewesen seien. Wie ich aus einigen Andeutungen wusste, war das vor seiner dunklen Lebensphase anders gewesen. Doch viele Verbindungen waren in dieser Zeit eingeschlafen, und er hatte eben erst begonnen, wieder ein soziales Netz zu knüpfen.

Offenbar hatte er mit mir noch am meisten Kontakt gehabt, und der war ja eher von begrenzter Natur. Familienangehörige gab es nicht, ebenso wenig Hinweise auf eine feste Freundin. Dass Hans gern allein lebte, hatte er mir selbst gesagt. Das konnte ich ja bestens nachvollziehen. Doch dass er in letzter Zeit so isoliert gelebt hatte, war mir neu und veranlasste mich zu der Frage, ob er sich wohl einsam gefühlt hatte oder ob diese Lebensweise einfach seinem Naturell oder seiner aktuellen Lebensphase oder beidem entsprach. Ich würde darauf in diesem Leben keine Antwort mehr bekommen.

Für Karl noch wichtiger war die Schlussfolgerung: Es gab weit und breit kein Motiv für den Mord durch einen Profikiller. Ein solches hätte wenigstens einen Hinweis darauf geliefert, in welche Richtung man suchen müsse, doch so war eine solche Suche zum vornherein hoffnungslos.

Karl meinte, die Theorie mit dem Profikiller sei so eine Sache. Einerseits weise zwar vieles auf einen Profi hin, andererseits hätte ein echter Profi sich mit Sicherheit anders verhalten. Warum zum Beispiel hätte ein echter Profi die Reste des Grapefruitsafts samt K.-o.-Tropfen im Glas lassen sollen, wo er doch sicher alle Zeit der Welt gehabt hätte, das Glas sorgsam und rückstandsfrei zu spülen?

Ebenfalls ein Grund zur Irritation war für Karl das Einstichloch der Spritze. Ein echter Profi hätte eine möglichst dünne Nadel verwendet und die Spritze an einem Ort gesetzt, wo man den Einstich leicht übersehen kann – solche Orte am menschlichen Körper gebe es durchaus, erklärte Karl, ohne ins Detail zu gehen. Unser Spritzensetzer dagegen hatte eine ziemlich dicke Nadel verwendet und diese an einem Ort platziert, wo man das Loch sicher finden würde.

Und dann war da noch die Sache mit dem Fundort der Leiche. Alles deutete darauf hin, dass Hans in seinen vier Wänden gestorben und erst als Leiche zum Fundort hinter der Satellitenschüssel transportiert worden war. Im Gras gab es zwar keine Schleifspuren, in der nächtlichen Nebelfeuchte hatten sich Gras und Kraut längst wieder aufgerichtet, doch auf dem betonierten Platz zwischen Haus und Garage und auf dem Asphaltsträsschen längs des Gartenzauns fanden sich Faserspuren jener Kleider und Schuhe, die Hans in seinem letzten Stündchen getragen hatte. Der Mörder hatte also offenbar die Leiche vom Haus bis zum Fundort geschleift – immerhin eine Strecke von rund sechzig, siebzig Metern. Wozu hatte er dieses Risiko und diesen Aufwand auf sich genommen? Klar, er hätte die Leiche wenigstens für ein Weilchen verschwinden lassen können, indem er sie über die Kante den Steilhang hinunter zur Bachschlucht geschmissen hätte. Doch genau das hatte er nicht getan, obwohl es vom Fundort aus dafür nicht mehr als einen ordentlichen Schubs gebraucht hätte.

Nach dieser Auslegeordnung demonstrierte mir Karl Abderhalden, warum er zu Recht Chef der Kriminalpolizei ist, indem er messerscharf seine Schlüsse zog: Dem potenziellen Killer wäre es ein Leichtes gewesen, Hans so umzubringen, dass man mit grösster Wahrscheinlichkeit auf einen wenngleich seltenen, so doch natürlichen Tod durch Herzversagen in relativ jungem Alter geschlossen hätte. Die Zeichen, die auf einen Mord hindeuteten, hatte er also ganz bewusst gesetzt. Als Signal gleichsam: Seht her, ich habe den Kerl umgebracht, aber ihr werdet nie dahinterkommen, wer ich bin und warum ich das getan habe.

An dieser Stelle wurde mir ziemlich mulmig, weil sich mir blitzschnell die Konsequenz aus dieser These erschloss: Dieser Mord betraf nicht einfach nur das Opfer. Er war vielmehr ein Signal an die Lebenden, eine Demonstration der Macht und damit vermutlich eine Drohung.

Karl teilte meine Überlegungen grundsätzlich, glaubte jedoch nicht, dass sich die Botschaft an die Lebenden im Allgemeinen richte, sondern war überzeugt, es ginge um ganz bestimmte Adressaten. Was mein Gefühl von Mulmigkeit, ja Bedrohung, keineswegs abschwächte.

Karl nahm zwar durchaus wahr, dass ich etwas blass geworden war und sich kleine Schweisstropfen auf meiner Stirn gebildet hatten, fragte auch nach, ob ich etwas hätte, liess sich jedoch wie die meisten Männer mit meiner gemurmelten Verneinung abspeisen und hing wieder laut seinen eigenen Gedanken nach.

Das mit den offenkundigen Hinweisen auf Fremdeinwirkung liesse sich mit der Theorie der Machtdemonstration ja erklären, meinte er, doch rätselhaft bleibe die Geschichte mit dem Fundort und mit dem nicht erklärbaren Transport der Leiche. Auch ich fand dafür keine Erklärung, und zwar weder eine, die ich ihm gegenüber geäussert, noch eine, die ich ihm verschwiegen hätte.

Beim dritten Halben wurde Karl melancholisch. Er gestand mir, dass seine Hoffnungen, diesen Fall aufzuklären, immer mehr gegen null tendierten. Dann beklagte er sich darüber, dass der Fall der ersten Leiche, die ich gefunden hätte, ebenfalls nicht wirklich aufgeklärt worden sei. Ich musste ihm innerlich recht geben: Ich wusste zwar mehr als Karl über die Hintergründe des Todes jenes aufstrebenden Dorfkönigs aus Appenzell, doch ob es nun Mord, Selbstmord oder ein simpler Unfall gewesen war, wusste ich letztlich ebenso wenig wie Karl.

Ich behielt mein Wissen über jene Hintergründe und Zusammenhänge auch jetzt für mich. Ihm hätte es wenig gebracht, ich dagegen hätte in die Bredouille kommen können, wenn er etwas über die Quellen dieses Wissens erfahren hätte. Stattdessen hörte ich ihm geduldig zu, als er mich ermahnte, nicht weiterhin über Leichen zu stolpern, deren Fälle als ungelöst abgehakt werden müssten. Wenn es denn schon sein müsse, sollte ich doch bitte Mordopfer finden, deren Fälle sich einfach und rasch und somit zum Ruhme der Polizei lösen liessen.

Auf meine Nachfrage hin wurde er wieder ernst und erklärte mir, dass unaufgeklärte Tötungsdelikte immer ein Stachel im Fleisch der Polizei seien. Jedermann wisse natürlich, dass es so was gebe, denn an besonders spektakuläre ungeklärte und ungesühnte Mordfälle wird in den Medien regelmässig zu runden Jahrestagen erinnert, doch bei den meisten Leuten dominiere die Vorstellung, die sich durch häufigen Konsum von Krimis in Buchform oder im Fernsehen in den Köpfen festgesetzt hat: Nach fünfundvierzig oder neunzig Minuten und spätestens auf den letzten Seiten des Buchs wird jeder Mordfall aufgeklärt.

Leider sei das hier aber kein Krimi, sondern die Wirklichkeit, und in dieser werde eben keineswegs jeder Fall aufgeklärt und jeder Mörder überführt. Was niemandem mehr stinke als der Polizei. Ein noch stärkeres Tabu sei die durchaus bekannte Tatsache, dass keineswegs jedes Tötungsdelikt als solches erkannt werde. Schlampige Leichenschau oder fehlende Kapazitäten würden dazu führen, dass in einem Land wie Deutschland pro Jahr mehrere hundert Todesfälle als natürlich abgehakt werden, obwohl eigentlich jemand nachgeholfen hat. Übertragen auf die Schweiz seien das einige Dutzend Fälle. Zu denen hätte der Tod von Hans Bärlocher mit Sicherheit auch gehört, wenn es der Mörder denn nur gewollt hätte.

Damit waren wir wieder am Anfang angelangt. Zum Glück waren wir beide noch nüchtern genug, um wahrzunehmen, dass wir begonnen hatten, uns geistig im Kreis zu drehen. Wir vertagten deshalb unser Gespräch. Karl liess es sich nicht nehmen, mich im Streifenwagen von einer netten Polizeibeamtin nach Hause fahren zu lassen, und ich nahm das ungewöhnliche Angebot an, war das letzte Postauto doch bereits abgefahren. Die Beamtin brachte mich die Waldstrasse hinauf bis zur Abzweigung, wo ich sie nach grösseren Dankesbezeugungen umkehren liess, um die paar letzten Schritte zu Fuss zu gehen. Ein fetter Mond am Himmel beleuchtete meinen Weg, und als ich nach erfolgreicher Ankunft noch einmal aus der Vordertür meines Häuschens trat, um noch etwas mehr frische Luft zu schnappen, querten vier Rehe die Wiese vor mir. Selbst dieses friedliche Bild vermochte nicht ganz die bohrenden Fragen zu vertreiben, die sich aus Karls Informationen geformt hatten.

Adelina erwies sich als ebenso feinfühlige wie schnell denkende Zuhörerin. Auch ihr war aufgefallen, zu welcher Schlussfolgerung die These des Kriminalkommissars, es handle sich um eine Botschaft an gewisse Lebende, führen musste – oder jedenfalls führen konnte. Sie fragte mich deshalb ganz direkt, ob ich Angst habe, dass ich der Empfänger der Botschaft sein könne.

Ich bejahte. Streng genommen gab es nur zwei, die von der möglichen Botschaft wussten, nämlich die Polizei und mich. Wenn Karl mir nicht sehr geschickt wesentliche Informationen vorenthalten hatte, löste die Botschaft bei der Polizei keinerlei Resonanz aus, sondern pures Unverständnis. Womit die Wahrscheinlichkeit gering war, dass sie der Adressat der Botschaft war.

Blieb folgerichtig nur ich. Wenn der Killer die Lebensweise seines künftigen Opfers ausspioniert hatte, wovon auszugehen war, dann wusste er vermutlich von unserer Verabredung. Er konnte ziemlich sicher sein, dass vor mir niemand zu Besuch kommen würde. Falls der Killer auch über meine Lebensweise informiert war, konnte er mit hoher Wahrscheinlichkeit davon ausgehen, dass ich auf der Suche nach Hans in der Umgebung des Häuschens durch Wald und Flur streifen würde und so die Leiche entdecken müsste. In diesem Fall wüsste er auch, dass ich mit dem Polizeichef ganz gut bekannt bin und deshalb als Finder der Leiche vermutlich etwas über die näheren Todesumstände erfahren würde. War etwa die Machtdemonstration wirklich gezielt an mich gerichtet? Und warum oder wozu?

Allerdings, konnte ich Adelina beruhigen, hätte ich mir nach den ersten Ängsten überlegt, dass meine Prämisse nicht unbedingt stimmen müsse, weil es durchaus weitere Adressaten als mich und die Polizei geben könne, nämlich dann, wenn jemand, der Bescheid wisse, aus der offiziellen Medienmitteilung der Polizei die Botschaft herauslesen könne. Als früherer Lokaljournalist kannte ich die Informationspolitik der Ausserrhoder Polizei und wusste, dass sie immer auf grösstmögliche Transparenz setzt – und dieses Wissen hätte der Killer, oder vermutlich eher seine Hinterleute, natürlich auch haben können.

Tatsächlich erschien in der Samstagsausgabe der Regionalpresse zwei Tage nach meinem Gespräch mit Karl Abderhalden eine kleine Meldung. Unweit seines Hauses im abgelegenen «Nord» in Trogen sei vor ein paar Tagen der fünfundvierzigjährige Historiker H.B. tot aufgefunden worden. Als Todesursache sei einwandfrei Herzversagen festgestellt worden. Über die näheren Todesumstände sei noch nichts bekannt, erste Hinweise auf Fremdeinwirkung hätten sich bisher nicht vertiefen lassen, würden aber weiter verfolgt.

Auch in den Ausgaben der Boulevardzeitung «Blick» und des Gratisblattes «20 Minuten» mit den Regionalseiten war die Meldung nur in der Kurzfassung zu lesen. Um weitere Recherchen auszulösen, war Hans Bärlocher einfach eine zu kleine Nummer im öffentlichen Leben gewesen und die Umstände seines Todes zu wenig spektakulär.

Immerhin wusste ich jetzt, dass die Botschaft des Killers und seiner Hinterleute durchaus noch andere Adressaten als mich gehabt haben könnte. Was mich zusätzlich beruhigte, war der Umstand, dass auch Karl Abderhalden das wissen musste. Immerhin musste ich davon ausgehen, dass er ähnliche Überlegungen wie ich angestellt hatte und sich dabei sicher fragen musste, ob ich vielleicht nicht doch in den Fall verwickelt war. Natürlich hatte er sich nichts anmerken lassen, doch die Existenz anderer potenzieller Adressaten nahm etwas Druck von mir und wahrscheinlich auch von ihm.

Langsam begann ich mich an den Gedanken zu gewöhnen, schon wieder in ein ungelöstes und wohl auch unlösbares Rätsel verstrickt zu sein. Dieser Eindruck wurde noch verstärkt, als mich Karl am folgenden Mittwoch von seinem Handy aus anrief, um mir wie versprochen das Ergebnis der toxikologischen Untersuchungen mitzuteilen. Diese hätten mangels anderer Aufträge etwas früher als geplant abgeschlossen werden können und hätten, wie von ihm vorausgesagt, nichts ergeben. Absolut nichts.

Weil er schon dabei sei, wolle er mir auch noch mitteilen, dass hingegen die vertiefte Untersuchung des Computers noch etwas ergeben habe: Hans hatte offensichtlich nächtelang Online-Poker gespielt und dabei in den letzten zwei Wochen vor seinem Tod immerhin fast zweitausend Franken gewonnen. Zudem gab es deutliche Hinweise darauf, dass er mit dem Online-Poker nicht erst mit dem Erwerb des neuen Laptops begonnen hatte.

Das, merkte ich an, könne zwar vermutlich die heimlichen Fragen seiner Bekannten beantworten, wovon Hans eigentlich gelebt habe, denn bei seinen bescheidenen Ansprüchen könnten auch regelmässige kleinere Gewinne zusammen mit seinen sonstigen Einkünften genügt haben. Ein Motiv für einen Mord sei das aber wohl kaum.

Nun ja, meinte Karl, es sei natürlich allgemein bekannt, dass solche Online-Casinos im grossen Stil als Geldwaschanlagen genutzt würden. Krumm erworbenes Geld liesse sich ohne grossen Aufwand als Spielgewinn von einem Konto zum anderen verschieben. Allerdings hatte die Polizei, für die das ohnehin immer löchriger werdende schweizerische Bankgeheimnis nie gegolten hatte, keinerlei Hinweise auf versteckte Konten von Hans Bärlocher gefunden. Ob dieser wirklich die kriminelle Energie gehabt hätte, um sich in solche Deals in einem Mass zu verwickeln, dass Profikiller auf den Plan treten müssten, sei mehr als fraglich. Auch die Gespräche, die er in den letzten Tagen mit den wenigen Bekannten des Opfers geführt habe, hätten ihn in diesem Eindruck bestätigt.

Natürlich könne man theoretisch in dieser Richtung weiter nach einem Mordmotiv forschen, doch gelte auch bei der Polizei das Gesetz des optimalen Verhältnisses zwischen Aufwand und Ertrag bei beschränkten Ressourcen. Der Aufwand sei auf jeden Fall beträchtlich, denn die Betreiber solcher Online-Casinos sässen irgendwo auf einer kleinen Karibikinsel im weitgehend rechtsfreien Raum, in dem eine Anfrage um Amtshilfe aus der fernen kleinen Schweiz mit Sicherheit nicht mehr als ein müdes Lächeln bewirken würde. Zudem sei der Ertrag in Form von weiterführenden Erkenntnissen höchst fraglich, weshalb im Klartext der Fall wohl wirklich in der Rubrik «unerledigt» abgelegt werden müsse. Ich wisse, dass ihm das gewaltig auf den Wecker gehe, doch gegen die Realität sei auch der beste Wille machtlos.

Ich bedankte mich für seine Informationen, und wir verabredeten vage, demnächst mal wieder ganz ohne Fall gemeinsam einen schönen Schoppen zu trinken. Dass daraus viel werden würde, bezweifelten wir wohl beide gleichermassen.

Nach diesem Anruf wollte ich meine Mails checken. Ich hatte damit kaum begonnen, als sich plötzlich eines dieser Fenster auf dem Bildschirm öffnete, mit denen angekündigt wird, es sei neue Software für meinen Computer verfügbar. Ich finde das eine etwas aufdringliche Methode, mich mitten im Schreiben eines hübschen Gedankens zu stören, und ignoriere diese Fenster deshalb oft. Das wollte ich auch dieses Mal tun, als mir die ungewöhnliche Form des Fensters auffiel.

Der Hintergrund war blutrot, und davor stand in weisser Schrift nur eine kurze Zeile: *Dorfchronik Wald, Seite 124.* Dazu gab es noch einen blinkenden Hinweis darauf, die Botschaft würde sich innerhalb von sechzig Sekunden selbst löschen, verdeutlicht mit einem abnehmenden Sekundenzeiger.

Meine erste Reaktion war die eines Déjà-vu. Das kannte ich doch schon vom letzten Fall, diese geheimnisvollen Botschaften, die aus dem Nichts auftauchen. Und es waren alles andere als angenehme Gefühle, die diese Erkenntnis auslöste. Mein Computer gehört für mich eindeutig zu meinem Intimbereich, zu dem nur ich Zutritt habe. Faktisch ist es auch so: Ausser Adelina bei ihrem letzten Aufenthalt hatte meines Wissens nie jemand anders meinen Mac benutzt, und sie war schliesslich eine wohlbegründete Ausnahme. Jetzt aber hatte jemand von aussen Zugang dazu und manipulierte meinen Computer gegen meinen Willen, was Ohnmacht und Hilflosigkeit auslöste.

So stark waren die Gefühle, dass ich gar nicht auf die Idee kam, einen Screenshot zu schiessen, also eine Aufnahme des Bildschirms in diesem Moment, womit ich wenigstens etwas in der Hand gehabt hätte. Es gelang mir gerade noch, mir die angegebene Seitenzahl zu merken, ehe die Botschaft wieder verschwand und meinen langweiligen Mails Platz machte.

Trotz der bedrohlichen Begleitumstände beim Übermitteln der Botschaft siegte rasch meine Neugier. Ich hatte vor Jahren mal die Gemeinde Wald beim Aufbau ihrer ersten Homepage beraten und mich dabei mit den verschiedensten Aspekten dieses kleinen Dorfs bekannt gemacht, unter anderem mit seiner Geschichte, die tatsächlich in einer im Jahr 1986 erschienenen Dorfchronik nachzulesen war. Ich wusste genau, wo mein Exemplar im Bücherregal stand, holte es unter die Leselampe und blätterte zu Seite 124.

Zunächst war da von einem Verräter die Rede, doch die Geschichte ergab für mich keinen Sinn. Ungefähr auf der Mitte der Seite begann eine Abhandlung über Grenzstreitigkeiten zwischen den beiden Halbkantonen Appenzell Innerrhoden und Ausserrhoden. Es folgte unten auf der Seite eine Passage, die mich elektrisierte:

«Eine dramatische Zuspitzung erhielt dieser Handel, als man am 17. August 1782 auf dem gemeinsamen Territorium in der Kotzeren eine männliche Leiche fand. Landammann Zuberbühler und Statthalter Zellweger sandten sofort den Ratsherrn Bruderer von Trogen und den Landläufer Mötteli von Speicher nach Kotzeren, um die Leiche wegzunehmen. Sie trafen dort auf die Oberegger und vereinbarten mit ihnen nach hitziger Diskussion, den Mann liegen zu lassen, bis sich die Obrigkeit über die territorialen Verhältnisse geeinigt habe. Die Oberegger und der Bauer auf Kotzeren hatten anfänglich den Vertretern Ausserrhodens erklärt, dieses Geschäft gehe sie nichts an, obwohl der Tote auf dem gemeinsamen

Territorium beider Stände lag. Noch mehr gekränkt war man in Ausserrhoden, als die Gegenpartei den Leichnam abends wegnahm, da er katholischer Konfession sei. Man erklärte, man werde beim Auffinden einer reformierten Leiche Gegenrecht halten.»

Als ich das gelesen hatte, fiel mir wieder ein, was ich angesichts der Aufregung wegen des Leichenfunds völlig vergessen hatte: Auf meinem Weg zum «Nord» und zu Hans war ich ja an der Holzhütte im Hau vorbeigekommen, und die lag im Gebiet Kotzeren oder Chotzeren, wie es heute heisst. An jener Hütte war eine Tafel angebracht, welche dieselbe Geschichte erzählte. Ich erinnerte mich, dass ich diese Tafel fotografiert hatte. Das Bild fand sich rasch in meinem Archiv, und nachdem ich es auf Bildschirmgrösse vergrössert hatte, liess sich der Text leicht lesen:

«Hier hat sich vor über zweihundert Jahren das Folgende zugetragen: Nach einem Leichenfund in diesem Wald eilten alsbald die Obrigkeiten der ausserrhodischen Gemeinde Wald und der innerrhodischen Gemeinde Oberegg zum Fundort. Beide Hauptleute machten ihr Recht auf die Leiche geltend. Zu damaliger Zeit fiel nämlich das Vermögen eines unbekannten Verstorbenen, von dem später herausgefunden wurde, dass er ohne direkte Erben ist, an diejenige Gemeinde, die den Leichnam bestattet hatte. Da die Auseinandersetzung zu keinem Ergebnis führte, kam man überein, die Leiche vorläufig liegen zu lassen, um den Streit höheren Orts vorzutragen. Gutgläubig gingen die Wäldler nach Hause und mussten am anderen Tag erbost feststellen, dass die wortbrüchigen Oberegger in der Nacht heimlich zurückgekommen waren. Sie hatten den Leichnam abgeschleppt und an geheimer Stelle im Innerrhodischen verscharrt. Das obrigkeitliche salomonische Verdikt hiess: Die nächste Leiche gehört den Wäldlern! (Das Konto ist immer noch offen ...)»

Auf einer zweiten Seite wird noch eine Botschaft des schweizerischen Bundesrates an die Bundesversammlung aus dem Jahr 1869 zitiert, wonach es unklare Grenzverhältnisse zwischen der innerrhodischen Gemeinde Oberegg und den ausserrhodischen Gemeinden Trogen, Wald, Heiden, Wolfhalden, Walzenhausen und Reute seit der Landestrennung im Jahr 1597 gegeben habe und gebe.

Was aber wollte mir diese Geschichte sagen? Sicher, es ging auch da, wie in meiner jüngsten Geschichte, um einen Leichenfund, und zwar an einem Ort, der in der Luftlinie gemessen gerade mal rund einen Kilometer von «meinem» Fundort entfernt lag. Allerdings lag diese Geschichte mehr als zweihundert Jahre in der Vergangenheit, und die Grenzkonflikte zwischen den Katholiken und Reformierten beider Appenzeller Halbkantone waren längst beigelegt. Sicher, es gab immer noch Unterschiede zwischen den beiden Halbkantonen. Neulich hatte ich eine interessante Statistik gesehen. Demnach hatte sich zwischen 1986 und 2010 im katholischen Innerrhoden die Zahl der Scheidungen nur leicht von 0,7 auf 1,0 pro tausend Einwohner erhöht, im reformierten Ausserrhoden dagegen von 1,5 auf rekordverdächtige 2,7 fast verdoppelt.

So was war zwar interessant, wies aber nicht auf konfessionelle Konflikte mit blutigem Ausgang hin. Schliesslich war es schon damals beim umstrittenen Leichenfund nur vordergründig um konfessionelle Unterschiede gegangen, in Wirklichkeit jedoch, wie die realistischere zweite Variante der Geschichte suggeriert, einfach nur ums schnöde Geld. Sollte das die Botschaft der rätselhaften Botschaft sein?

Nur: Der Fundort meiner Leiche lag eindeutig auf dem Boden Ausserrhodens, nicht auf einer Grenze. Oder doch? Ich erinnerte mich daran, dass ich im Zuge meiner Arbeiten für besagte Homepage eine sehr genaue Karte erhalten hatte, die noch irgendwo sein musste. Nach einigem Suchen fand ich sie, und tatsächlich war sie mit einem Massstab von 1:5.000 sehr präzise.

Ich musste mich erst mal orientieren, doch dann fand ich bestätigt, was ich insgeheim längst vermutet hatte, ohne dass mir dieses Wissen bewusst geworden war: Der eigentliche Tatort, also das Häuschen, das Hans gemietet hatte, lag noch innerhalb der Gemarkung von Wald, ebenso der Garten in

Richtung Wiese. Der Gartenzaun musste direkt auf der Grenze liegen, und zwar sowohl das Stück parallel zum Zugangsweg in Richtung Südwest als auch das davon rechtwinklig abzweigende Stück Richtung Wald, das heisst Richtung Nordwest. Laut Karte biegt die Grenze am Waldrand, also an der Abbruchkante des Schluchthangs, wieder rechtwinklig Richtung Südwest ab, um sich nach einer Weile in einem weiteren rechten Winkel senkrecht hinab zum Bach und auf der anderen Seite ebenso wieder hinaufzuziehen.

Auf der anderen Seite dieser Gemeindegrenze liegt das Gebiet Nord, ein Teil von Trogen. So hatte ich bei meinem Alarmruf an die Polizei deshalb die Anfahrt zum Fundort beschrieben, und die Polizei hatte das übernommen und den Fundort mit «Nord» bezeichnet. Ich schaute noch einmal auf die Karte und stellte fest, dass die Leiche von Hans Bärlocher exakt auf der Grenzlinie zwischen Wald und Trogen gelegen haben musste.

Ich überlegte kurz, Karl anzurufen, um ihm meine Entdeckung mitzuteilen, wenngleich ohne Hinweis darauf, wie ich dazu gekommen war. Dann stellte ich mir kurz vor, wie er darauf reagieren würde. Zu Recht würde er die Relevanz dieser Information bezweifeln, denn wer kümmert sich heutzutage schon um Gemeindegrenzen? Gut, das war auch schon anders, zum Beispiel bei der Lösung Walds von Trogen gab es auch ordentliche Konflikte, aber das ist lange her und hat keine Bedeutung mehr. Dass der Ort des Mordes eigentlich gar nicht im Nord lag, war ein kleiner Schönheitsfehler, aber der Fundort der Leiche war offensichtlich wenigstens zur Hälfte im Nord, weswegen man die Kurzbezeichnung «Mord im Nord» als halbwegs korrekt durchgehen lassen konnte. Jedenfalls, so hörte ich Karl schon sagen, sei das alles keine wirkliche Hilfe und brächte ihn der Lösung des Falls keinen Schritt näher, weshalb ich auf den Anruf verzichtete.

Ich musste zugeben, dass mir die genaue Bedeutung der Botschaft nach wie vor ein Rätsel war. Es ging offenbar um irgendeinen Grenzkonflikt, doch ich hatte keine Ahnung, um welchen. Und schon gar nicht, was ich damit zu tun haben könnte. Seitdem, beendete ich diesen Teil meiner Geschichte, seien auch keine neuen Botschaften oder Informationen mehr eingetroffen. Der Fall blieb rätselhaft, doch ich hatte mich allmählich mit dieser Tatsache abgefunden, und auch das dumpfe Gefühl von Bedrohung hatte sich gemildert.

Jetzt war ja Adelina da. Es hatte mir gutgetan, ihr die ganze Geschichte erzählen zu können, oder jedenfalls annähernd die ganze. Es war spät geworden, und am nächsten Tag war die Beerdigung von Hans Bärlocher angesagt. Zu meiner grossen Freude versprach Adelina, mich zu begleiten. Wir gingen bald zu Bett, und da Adelina sagte, nach all den Gruselgeschichten fürchte sie sich davor, allein zu schlafen, schlüpfte sie in mein Bett. Ich nahm sie in den Arm, doch mehr als Kuscheln lag in dieser Nacht nicht drin, dazu waren wir beide zu erschöpft.

Am nächsten Morgen musste ich zunächst Adelina beruhigen, die sich bitterlich darüber beklagte, sie habe für eine Beerdigung nichts anzuziehen. Das fiel mir leicht, konnte ich ihr doch erklären, sie brauche dazu nur eine für einen Waldspaziergang geeignete Bekleidung. Beim späten Frühstück erzählte ich ihr dann mehr über die bevorstehende Beerdigung.

Die Polizei hatte in den Unterlagen von Hans einen handgeschriebenen Letzten Willen gefunden. Das mit dem Vererben der materiellen Güter war schnell geregelt, Hans hatte praktisch keine. Es gab auch einen Passus mit seinen Wünschen im Fall seines Todes, und darin hatte er mich gebeten, seine Beerdigung zu organisieren.

Die Polizei hatte das Dokument eingescannt und mir gemailt, und Karl rief noch persönlich an, um zu fragen, ob mir das Datum aufgefallen sei. Erst beim nochmaligen Blick auf das Dokument stellte ich fest, dass dieses nur eine Woche vor dem Ableben von Hans aufgesetzt worden war. Karl und ich waren uns einig, dass dieser Umstand nahelege, Hans habe sich bedroht gefühlt, und zwar massiv. Doch Karl brummte nur, solange wir keine Ahnung hätten, von wem und weswegen, bringe ihm das gar nichts.

Hans hatte sich gewünscht, dass sein Leichnam verbrannt und in eine kompostierbare Urne abgefüllt werden sollte, die wiederum an einem genau bezeichneten Platz ganz in der Nähe eines Bachlaufs einzubuddeln sei. Ein Kartenausschnitt und eine Fotografie, auf welcher der genaue Platz mit einem Kreuz markiert war, lagen bei, ebenso eine vom dort zuständigen Landbesitzer unterzeichnete Einverständniserklärung. Hans hatte offenbar in den letzten Tagen seines Lebens an alles gedacht, was seinen Tod betraf.

Polizeichef Karl Abderhalden fand zwar den gewählten Ort für die Urne etwas seltsam, doch rechtlich war nichts auszusetzen. In der Schweiz darf man eine Urne überall vergraben, wenn der Landbesitzer einverstanden ist. Mir dagegen leuchtete die Wahl dieses Ortes sofort ein, vor allem, als ich die Begründung las, er habe dort seinen Seelenfrieden gefunden. Allerdings verschwieg ich mein Wissen sowohl Karl als auch Adelina gegenüber und murmelte nur etwas davon, des Menschen Wille sei sein Himmelreich, vor allem natürlich angesichts desselben.

Zum Eingraben der Urne sollten nach dem letzten Willen von Hans alle Menschen eingeladen werden, die in seinem digitalen Adressbuch standen, was, wie schon erwähnt, nicht mehr als zwei Dutzend waren. So geschah es denn auch.

Etwas enttäuscht war ich darüber, dass sich Hans ausdrücklich jegliche Form von Trauerreden verbeten hatte. Immerhin wäre das für mich wieder mal eine Gelegenheit für eine halb öffentliche Ansprache gewesen, und ich höre mich nun mal gerne reden. Doch bei näherer Betrachtung war ich über dieses Schweigegebot ganz glücklich, denn mal ehrlich, was lässt sich schon Sinnvolles über die Sinnlosigkeit eines zu frühen und dazu noch gewaltsamen Todes sagen?

Das Schweigegebot sollte durchgängig gelten, vom Abmarsch vom Parkplatz bis zur Rückkehr dahin. Hingegen hatte sich Hans gewünscht, dass jemand einen tragbaren Musikplayer mitnehme, auf dem der letzte Satz von Beethovens sechster Symphonie, der berühmten «Pastorale», gespielt werden sollte. Diese Wahl erstaunte mich nicht. Ich hatte mit Hans einmal ein längeres Gespräch über diese Symphonie geführt, vor allem darüber, warum sie eigentlich hervorragend zum Appenzellerland passt.

Hans wusste viel über Musik und erklärte mir, Beethoven selbst habe die Pastorale mit «Erinnerungen an das Landleben» überschrieben, weshalb sie oft auch einfach «die Ländliche» genannt wird. Sie gehöre schon immer zu seinen Lieblingsmusikstücken, wobei sie für ihn am besten zur ruhig-frischen Stimmung eines Sonntagvormittags passe.

Nach diesen Erklärungen entspann sich rasch eine animierte Diskussion darüber, was eine zweihundert Jahre alte Musik noch über das Landleben von heute zu sagen habe. Diese Frage erübrigte sich, als wir feststellten, schon damals habe die Musik ja nicht ein real existierendes Landleben beschrieben, sondern sei Ausdruck einer sehr städtischen Sehnsucht nach einer ländlichen Idylle gewesen, die als Gegenentwurf zum lärmigen und hektischen Stadtleben eine friedvolle heile Welt verkörpert, in der Heiterkeit und Fröhlichkeit herrschen.

Diese Sehnsuchts-Idylle hatte schon damals nichts mit dem harten und entbehrungsreichen Leben der tatsächlichen Landbewohner zu tun. Wie also sollte sie etwas mit den heutigen Realitäten des Landlebens zu tun haben können?

Schon allein die Vorstellung, es handle sich beim Landleben um eine totale Gegenwelt zum Stadtleben, ist heutzutage natürlich absurd, denn in den meisten Lebensbereichen ähneln sich die beiden Welten. Auch im Appenzellerland lebt nur noch eine kleine Minderheit von der Landwirtschaft, der grosse Rest übt andere Berufe aus, alle haben Zugang zu den üblichen Konsumgütern und Dienstleistungen, zu Mobilität und Kultur. Und in der heutigen digitalen Welt spielt es bekanntlich keine Rolle mehr, wo ein Computer steht.

Wir waren uns auch darüber einig, dass es durchaus noch Unterschiede gibt, nämlich jene, derentwegen wir uns für das

Landleben entschieden hatten. Es gibt im Appenzellerland bessere Luft und weniger Lärm, mehr weite Landschaft und weniger Hektik. Nachts ist es dunkler, sodass man – wenn nicht gerade wie in diesen Tagen die Wolken hängen – die Milchstrasse sehen kann. Und es gibt eine geringere Dichte an Menschen und weniger Reizüberflutung, was für manche Menschen, wie eben zum Beispiel uns, eine Wohltat ist.

Die Suche nach solchen Unterschieden führte uns auf einen interessanten Seitenpfad: Früher hiess es, Stadtluft mache frei, weil die soziale Kontrolle in der Stadt weniger ausgeprägt ist als auf dem Land. Allmählich drehen sich die Verhältnisse. Angesichts omnipräsenter Überwachungskameras und schnell wachsender Möglichkeiten von Gesichts- und Personenidentifikation wird es in den Städten bald möglich sein, ein lückenloses Bewegungsprofil der dort Anwesenden zu erstellen. Und weil sich eine derartige Überwachung in ländlichen Gebieten schlicht nicht lohnt und deshalb dort niemand ein Bewegungsprofil erstellen kann, jedenfalls so lange, wie man sein Handy ausgeschaltet lässt, könnte die freie Luft tatsächlich bald auf dem Land wehen.

Das Gespräch führte zurück zur Aktualität von Beethovens Sechster. Trotz – oder vielleicht auch wegen – des inzwischen reichlich genossenen Appenzeller Alpenbitters wurden wir uns rasch darüber einig, dass es in dieser Musik eben nicht um das Landleben als solches gehe, sondern um die Sehnsucht danach. Diese Sehnsucht gibt es schon lange. Bereits die alten Römer haben sich in bukolischen Gedichten das unschuldige, heitere, naturnahe und idyllische Landleben in den hübschesten Farben ausgemalt. Beethovens Sehnsucht danach war Teil des Zeitgeistes Anfang des neunzehnten Jahrhunderts. So erstaunt es wenig, dass diese Sehnsucht unverdrossen weiterlebte bis heute, ja dass sie sogar stärker geworden ist.

Davon, auch darüber herrschte Einigkeit, lebt die Marke Appenzell sehr gut, ob es nun um Tourismus geht oder um allerhand Regionalprodukte, die mit dem Namen Appenzell verbunden sind. Die Marke Appenzell verkörpert diese Sehnsuchtswelt wie kaum ein anderer Landstrich und enthält alle Elemente, die dazugehören. Diese Welt ist rein und unverfälscht, natürlich und echt. Sie ruht in beinahe ewigen Traditionen. Diese Welt ist wohlgeordnet und stabil. Ihre Bewohner ruhen in sich selbst, sind gelassen und souverän und betrachten die Welt immer mit einem heiteren Augenzwinkern.

Dass diese Sehnsuchtswelt, die sich mit der Marke Appenzell untrennbar verbunden hat, kein exaktes Abbild der Wirklichkeit ist, interessiert dabei wenig. Natürlich gibt es diese Sehnsuchtswelt so nicht, und wenn es sie gäbe, wäre das gar nicht gut. So mancher Gast aus der Stadt nimmt zwar beim ersten Aufenthalt im Appenzellerland in erster Linie die paradiesischen Züge wahr, versichert bald darauf aber glaubhaft, wirklich leben könnte er hier nicht. Die Sehnsucht nach der heilen Welt will gar nicht wirklich gestillt werden.

Sie will vielmehr als Sehnsucht am Leben bleiben. Und das kann sie am ehesten, wenn sie nur für einen Moment und nur zu kleinen Teilen gestillt wird. Und genau diese Leistung bietet die Marke Appenzell, indem im Appenzellerland alle Elemente der ländlichen Sehnsuchtswelt in Form von «Spurenelementen», und manchmal auch ein bisschen mehr, tatsächlich im Angebot sind. Wer hier nach Klischees sucht, wird sie in Teilen immer finden. Das genügt den Sehnsüchtigen denn auch, um das Flämmchen am Leben zu halten. Davon leben sie dann wieder ein Weilchen. So einfach, befanden wir damals, sei das.

Von den nahen Hügeln klangen die Glocken der dort weidenden Kühe und erinnerten uns daran, dass die Sehnsuchtslandschaft Appenzellerland natürlich auch darum so attraktiv ist, weil sie in solchen Momenten immer noch eine Hirtenkultur verkörpert. Womit sich der Kreis zur sechsten Symphonie von Beethoven schloss. Die Pastorale beschreibt ja nicht die Sehnsucht nach irgendeiner ländlichen Landschaft. In ihrem Namen steckt vielmehr das lateinische Wort für Hirten. Und eine Landwirtschaft, die sich gezwungenermassen auf das Halten von Weidetieren beschränken muss wie jene im Appenzellerland, ist nun mal eine andere ländliche Kultur als jene, in der vorwiegend Ackerbau betrieben wird.

Wir hatten uns noch eine Weile darüber unterhalten, dass eine solche Hirtenkultur symbolisch stark an das Paradies mit seinem friedlichen Miteinander von Pflanzen, Tieren und Menschen erinnert, was den Wert der Marke Appenzell noch einmal steigert, und uns dann anderen Themen zugewandt. Jedenfalls leuchtete mir auch die Wahl des letzten Satzes ein, denn der heisst ausdrücklich «Hirtengesang. Frohe und dankbare Gefühle nach dem Sturm.» Also noch einmal eine andere Umschreibung für Seelenfrieden.

Die Beerdigung selbst verlief in Würde. Überraschenderweise waren doch etwa zehn Leute gekommen, die schweigend etwa zehn Minuten den Bach entlangstapften und sich am vorgesehenen Platz aufstellten. Die Musik schepperte zwar etwas, doch der Hirtengesang kam dennoch in seiner ganzen ruhigen und entspannten Schönheit rüber und bescherte jedenfalls mir tatsächlich so etwas wie Seelenfrieden. Untermalt wurde das Ganze passenderweise von Kuhglockengebimmel. Die dazugehörigen Kühe mussten ganz in der Nähe sein, doch wegen des dichten Nebels blieben sie unsichtbar.

Nachdem der letzte Ton verklungen war, blieben alle noch eine Weile in sich gekehrt stehen, ehe ich die Urne in das von mir selbst vor ein paar Tagen gegrabene Loch versenkte. Jede und jeder der anwesenden Trauergäste warf eine Handvoll feuchter Erde in das Loch, ehe ich es, wie Hans es sich gewünscht hatte, ganz mit Erde verschloss und darauf einen Baumschössling einpflanzte. Wahrlich, einem neuen Baum als Dünger zu dienen, ist kein schlechtes Ende, dachte ich, ehe ich mich zusammen mit den anderen auf den Rückweg machte. Alle waren, den Gesichtsausdrucken nach zu schliessen, froh, dass es vorbei war. Der feuchte Nebel und der bissig kalte Wind waren doch ganz schön in die Knochen gezogen, und so zerstreuten sich die Trauergäste rasch in alle Winde.

Kaum waren wir allein, begann Adelina, bohrende Fragen zu stellen. Ob ich den Begräbnisort schon früher gekannt hätte? Das konnte ich problemlos bejahen. Ob ich mit Hans zusammen schon einmal dort gewesen wäre? Ja, einmal, auch das war nicht gelogen. Ob die anderen Trauergäste den Ort auch gekannt hätten? Nicht dass ich wüsste. Sie habe einen anderen Eindruck gehabt, wandte Adelina ein, und ich musste zugeben, dass sie eine gute Beobachterin war.

Ob ich die anderen Gäste gekannt hätte? Ja, sagte ich, der etwas rundliche Typ mit deutlichem Glatzenansatz etwa in meinem Alter sei Karl Abderhalden gewesen, der Chef der Kriminalpolizei von Appenzell Ausserrhoden, der netterweise persönlich erschienen sei. Ich hatte mit ihm auf dem Parkplatz ein paar Worte gewechselt und mit ihm vereinbart, dass wir in den nächsten Tagen mal telefonieren würden. Dasselbe galt für den Marketingchef von Appenzeller Alpenbitter, den Auftraggeber für unser gemeinsames Projekt über Räusche in Appenzell. Mit ihm würde ich besprechen müssen, ob und wie es nun mit diesem Projekt weiterginge, nachdem der eine Autor unwiderruflich ausgefallen war. Das sei, erklärte ich Adelina, jener hoch aufgeschossene junge Mann gewesen, mit dem ich ebenfalls noch kurz geplaudert hatte.

Und was mit den anderen sei, begehrte Adelina jetzt zu wissen, ob ich die auch gekannt hätte? Ich verneinte, was für mindestens fünf der Anwesenden nicht wahr war. Adelina erhob umgehend Protest. Es hätte reichlich Blicke, Gesten und andere Signale gegeben, die auf eine gewisse Vertrautheit zwischen einigen Trauergästen und mir hingewiesen hätten. Offenbar hatte ich mich mehr schlecht als recht verstellt.

Adelina stellte lakonisch fest, es gebe da offenbar noch mehr Geheimnisse, und bat mich zunächst liebevoll und dann immer drängender, ihr diese zu offenbaren. Sie spüre ja, dass es mir nicht gut gehe und wolle mir nur helfen, zu welchem Behufe sie aber wissen müsse, was los sei.

Ich reagierte auf alle Spielarten ihres weiblichen Fürsorgetriebs verstockt. Sie schaute mich mit einer Mischung aus Wut und Trauer an und ging den Rest des Weges hinauf zu meinem Häuschen schweigend und immer ein paar Schritte vor mir. Ich hatte ein schlechtes Gewissen. Sie hatte ja wirklich ein Anrecht darauf, alles zu wissen. Noch aber war es nicht so weit, dachte ich in jenem Moment. Das sollte sich sehr rasch ändern.

Seelenfrieden

Zu Hause angekommen ging ich gleich in die Küche, um einen kleinen Imbiss zuzubereiten. Adelina fragte mich, ob sie schnell ihre Mails auf meinem Computer checken dürfe, was ich selbstverständlich bejahte, schon, um wieder Gutwetter zu machen.

Ich hatte gerade eine Weinflasche entkorkt, als Adelina ganz aufgeregt rief, ich solle schnell kommen, es sei wieder eine dieser seltsamen Botschaften auf meinem Bildschirm. Ich eilte ins Arbeitszimmer. Tatsächlich, da war wieder ein Fenster mit blutrotem Hintergrund. Bevor ich mir das Ding genauer anschaute, bat ich Adelina aufgeregt, einen Screenshot zu schiessen, doch sie war schneller als ich und hatte schon damit begonnen. Rasch war es geschafft, und als das Fenster nach einer Minute wieder spurlos verschwand, hatten wir sie gesichert und konnten sie uns genauer ansehen.

Es war eine Art Collage im Querformat. In der Mitte war ein senkrechter, dicker Strich, der automatisch an eine Grenze erinnerte. In der linken Hälfte war ein Ausriss aus einer Zeitung abgebildet, der einen kurzen Text enthielt: «Die Deutsche Gesellschaft für Ernährung schätzt, dass bereits 2015 die Hälfte unserer Nahrungsmittel ‹Functional Food› sein wird – also Produkte, die uns versprechen, wir würden durch den Konsum schöner, gesünder oder leistungsfähiger.»

In der rechten Hälfte war ein Ausschnitt aus einem Kreuzworträtsel abgebildet. Mit gelbem Marker war die Anweisung «13 – senkrecht» hervorgehoben. Sie hiess: «Biblischer Prophet – umgekehrte Buchstabenfolge». Zudem sah man, dass das fragliche Wort vier Buchstaben enthalten sollte. Und dass der letzte Buchstabe ein «a» sein müsse.

Adelina hatte mit ihrem Recherchetalent innerhalb von Sekunden eine Liste aller Propheten mit vier Buchstaben gefunden. Die Liste war kurz, und nur ein Name hatte ein «A» am Anfang: Amos. Woraus sich durch Umkehrung «Soma» ergab. Schon hatte Adelina die entsprechende Seite von Wikipedia geöffnet, wo Folgendes stand:

«Soma ist ein im Rigveda erwähnter Rauschtrank der Götter. Es handelte sich um den berauschenden, teilweise mit Milch oder mit saurer Milch gemischten Saft einer Pflanze. Der Name bezeichnet eine Gottheit, eine Pflanze und den daraus bereiteten Trank.

Soma wird manchmal als irdische Entsprechung von Ambrosia in der griechischen Mythologie gedeutet. Während die letzteren beiden den Göttern vorbehalten sind und ihnen Unsterblichkeit verleihen, kann Soma auch von Menschen getrunken werden. Die damit verbundenen Halluzinationen wurden als Zugang zur Sphäre der Götter interpretiert.

Die Wirkung des Somasafts wird im Veda wie im Avesta als *mad* bezeichnet. Übersetzt man dies mit ‹berauschen›, so ist das fast zu viel gesagt, mit ‹begeistern› zu wenig. Von einer eigentlichen Somatrunkenheit kann nicht die Rede sein, noch weniger von einem orgiastischen Somakult. Dazu ist das ganze Opferzeremoniell der Inder und der Parsen zu feierlich und würdevoll-steif.

Die Wirkung des Soma wird körperlich und psychisch empfunden. Dem Kämpfer belebt er den gesunkenen Mut, dem Menschen bringt er Kraft zum Leben. Vor allem aber wirkt er auf das Innere Wesen und den Geist des Opfernden ein. Er erleuchtet und weitet das nach Wahrheit suchende innere Auge des Sehers, weckt die heiligen Worte und Gedanken. Das Soma wird als der eigentliche Göttertrank bezeichnet, der sie (die Götter) vom Himmel herruft und einlädt. Zusammenfassend kann man sagen, dass vom Soma körperlich stärkende, das Herzen belebende und Gedanken klärende Wirkungen ausgingen. Sie halfen dem Rishi (Seher, mythischer Weiser) mit einem intuitiven Verstand eine jenseitige Wirklichkeit zu erfassen und diese in seiner Dicht- und Gesangskunst auszudrücken.

Bestimmte Textstellen im Rigveda lassen für sich allein betrachtet den Leser an die Wirkung von Halluzinogenen denken. ‹Wir haben das Soma getrunken; wir sind unsterblich geworden, wir haben das Licht gesehen; wir haben die Götter gefunden.› Oder: ‹Deine Säfte, o gereinigtes Soma, alles durchdringend, schnell wie Gedanken, bewegen sich von alleine wie die Nachkommen rasch dahineilender Stuten. Die himmlischen, geflügelten süssen Säfte, Erreger grosser Heiterkeit, erstrahlen im Gefäss ...› Ein weiterer Hinweis steckt im Rigveda: ‹Denn nun in deinem Rausche, o Soma, komme ich mir wie ein Reicher vor. Schreite vorwärts zum Gedeihen!›»

Adelina las den Text kurz durch und schaute mich an. Ob das ein Hinweis auf Drogenhandel sei, wollte sie wissen. Das konnte ich guten Gewissens verneinen. Doch offenbar war ihr nicht entgangen, dass mich der Hinweis auf Soma nicht überrascht, wohl aber erschreckt hatte, was sie mir auch auf den Kopf zusagte. Ich gab mir einen Ruck und versprach ihr, das bisher streng gehütete Geheimnis gleich zu lüften.

Zunächst schlug ich jedoch eine Stärkung vor. Ich holte ein sorgsam gehütetes grösseres Stück Appenzeller Käse aus dem Kühlschrank, schnitt davon zwei Portionen von je ungefähr fünfzig Gramm ab und servierte den Käse ohne weitere Beilagen. Ich schlug vor, den vorgesehenen Wein später zu trinken. Adelina schaute darob leicht erstaunt, doch sie kaute brav ihren Appenzeller, der ihr, wie sie versicherte, wie immer hervorragend schmecke.

Wir plauderten eine ganze Zeit über dieses und jenes, ohne das heikle Thema Soma zu streifen. Nach einer knappen Stunde fragte ich Adelina ganz harmlos, wie sie sich fühle. Sie horchte eine Weile in sich hinein und sagte dann, sie wisse natürlich, dass ihre Wortwahl vom letzten Willen von Hans Bärlocher beeinflusst worden sei, doch sie finde tatsächlich kein besseres Wort für ihre Empfindungen als Seelenfrieden. Das sei doch eher überraschend, sei sie doch bisher wegen meiner Geheimniskrämerei aufgeregt und verärgert und angespannt gewesen, doch jetzt erfülle, nach einer kurzen Übergangszeit, tatsächlich Frieden ihre Seele.

Normalerweise daure das bei ihr viel länger. Ein Glas Wein oder ein Pfeifchen könnten diesen Entspannungsprozess erleichtern und beschleunigen, aber beides, stellte sie richtigerweise fest, hätten wir ja heute noch nicht gehabt. Dennoch fühle sich ihr jetziger Bewusstseinszustand an, als ob sie etwas genommen hätte. Sie habe ja einige Erfahrungen mit durch Moleküle veränderten Bewusstseinszuständen und könne das deswegen beurteilen. Allerdings gleiche ihr jetziger Zustand keiner ihrer Erfahrungen. Sehr sanft und subtil fühle es sich an, klar und einfach, gelassen und souverän, fried- und freudvoll. Ja, Seelenfrieden sei wirklich ein gutes Wort dafür.

Sie schwieg eine Weile, blickte mich dann fragend an und begehrte zu wissen, ob ich ihr nicht doch vielleicht heimlich etwas verabreicht hätte. Ich schwieg vielsagend. Adelinas Blick wanderte umher, um schliesslich an den Rindenresten unserer Käsemahlzeit hängen zu bleiben. Ein Ausdruck ungläubigen Staunens erschien auf ihrem Gesicht. Sie brauchte offenbar eine Weile, um die Erkenntnis zu verdauen. Ob es wirklich der Käse gewesen sei, wollte sie wissen. Meine Antwort bestand aus einem einzigen Wort: ja.

Ein Stück Appenzeller Käse, das nicht nur hervorragend schmeckt, sondern auch Seelenfrieden schenkt – Adelina konnte es noch immer nicht fassen. Ich versprach, ihr gleich mehr darüber zu berichten. Zunächst kramte ich eine blaue Klarsichthülle aus dem Stapel, in dem ich Material über Käse sammle, um ihr zu zeigen, dass die Idee auch grundsätzlich nicht so abwegig war, wie sie zunächst klang.

Der erste Zeitungsausschnitt berichtete unter dem Titel «Käse ist weltweit beliebtestes Diebesgut bei Lebensmitteln» darüber, dass 2011 der Käse das Frischfleisch vom Spitzenplatz auf der Hitliste der weltweit meistgeklauten Lebensmittel verdrängt habe, was doch eindeutig darauf hindeutet, dass Käse ein ganz besonderes Lebens-Mittel ist.

Der zweite Ausschnitt war eine Buchbesprechung, die wie folgt eingeleitet wurde: «Der amerikanische Journalist James Nestor liefert schräge Ideen für hundertfünfundsiebzig Räusche ohne Drogen.» Gelb markiert hatte ich mir in diesem Artikel den folgenden Satz: «Und zum Glück liefert Nestor einige richtig schräge Ideen: Sich freiwillig auf Schlafentzug setzen» – und jetzt kam es – «vor dem Zubettgehen stets Käse essen!» Mehr Details standen da leider nicht, und ich hatte mir das Buch auch nicht besorgt, doch der Zusammenhang zwischen «Rausch ohne Drogen» und «Käse» war offenkundig hergestellt.

Auf einem Zettel fand sich ein Zitat aus einer Radiowerbung eines deutschen Senders, den der Fahrer eines Postautos, in dem ich irgendwann sass, eingestellt hatte: «Natürlicher Genuss mit Wirkung!» Dieser Slogan bezog sich zwar auf ein mir unbekanntes Mineralwasser, doch er war ein deutliches Indiz dafür, dass der Gedanke, natürliche Lebensmittel wie Wasser oder eben auch Käse könnten mehr bewirken, als Hunger und Durst zu stillen, durchaus in der Luft lag.

Im Mäppchen war noch ein Zettel mit der Web-Adresse von Gruyère-Käse, also einer direkten Konkurrenz von Appenzeller Käse. Ich rief die entsprechende Seite auf, auf der man den aktuellen Fernsehspot anschauen konnte. In diesem kommt ein völlig überdrehter Mountainbike-Fahrer nach einer aufregenden Abfahrt in der Alphütte an und berichtet dort einem völlig ruhigen jungen Mann unter grossem Fuchteln und Zappeln von seinen Erlebnissen. Nachdem er eine Weile zugehört hat, greift der junge Mann zu einem Stück Käse und bietet es dem Zappelphilipp mit den Worten «Probier das. Dann wird's besser!» an. Der ob seiner Überdrehtheit mittlerweile zusammengebrochene Biker isst einige Bissen Gruyère, sagt dann: «Geht besser!», und beruhigt sich in Sekundenbruchteilen total. Im Abspann verkündet eine Stimme aus dem Off: «Die wahre Natur beruhigt.» Viel direkter konnte die Aufforderung, ein Stück Käse als Psychopharmakon zu nutzen, wohl kaum formuliert werden.

Adelina musste zugeben, die Idee, ein Stück Käse könne Seelenfrieden bringen, sei wohl doch weniger abwegig, als sie zunächst gedacht hätte. Umso mehr brannte sie darauf, jetzt endlich die Geschichte von jenem Käse zu hören, den mittlerweile alle Eingeweihten nur noch «Appenzeller Secret» nannten. Nachdem wir uns endlich ein Glas Wein und so gegönnt hatten, legte ich los.

Davon, dass ich kurz nach meinem ersten Fall auf verschlungenen Pfaden ins streng geheime Bewahrungskomitee für das Geheimrezept von Appenzeller Käse berufen worden war, hatte ich Adelina schon erzählt. Und genau dort begann vor einigen Monaten die Geschichte von «Appenzeller Secret». Es war erst die zweite rituelle Versammlung des Bewahrungskomitees, an der ich teilnahm. Zunächst wurde nach dem bewährten Verfahren, das keinem der Beteiligten die volle Kenntnis des Geheimrezepts erlaubt, die übliche Menge Kräutersulz produziert, die bekanntlich dem Appenzeller Käse den unvergleichlichen Geschmack gibt, weshalb ihr Rezept unbedingt geheim gehalten werden muss.

Das Ritual verlief ebenso feierlich und würdevoll, wie ich es beim ersten Mal kennengelernt hatte. Gegen Ende lockerte sich die Stimmung naturgemäss etwas auf, weil es ja zum Ritual gehörte, dass jede Runde des Produktionsprozesses mit einem Schluck Appenzeller Alpenbitter gekrönt wird. Da das Bewahrungskomitee aus sieben gestandenen Mannsbildern besteht, die alle ordentlich was vertragen, konnte man die Runde als höchstens ganz leicht angeheitert bezeichnen.

Das kleine Detail, wonach das Bewahrungskomitee traditionsgemäss ausschliesslich aus Männern besteht und damit wohl eines der letzten solchen Gremien ausserhalb des Vatikans ist, hatte ich Adelina bisher verschwiegen. Sie regte sich einen Moment lang fürchterlich darüber auf, doch da der Appenzeller Secret noch nachwirkte und sie neugierig auf den Fortgang der Geschichte war, beruhigte sie sich rasch und hörte wieder zu.

Die unverrückbare Tagesordnung des Bewahrungskomitees sieht vor, dass nach der Produktion der neuen Kräutersulz das Ergebnis einer früheren Produktion getestet wird. Konkret wird von jenem Käse gekostet, der mit der Kräutersulz aus der vorletzten Versammlung des geheimen Komitees eingerieben worden ist. Um das Geschmacksurteil nicht durch einen zu hohen Alkoholpegel zu trüben, wird eine Stunde lang nur Wasser ausgeschenkt, wobei es sich selbstverständlich um Appenzeller Mineralwasser aus dem nahen Gontenbad handelt. Sonst gibt es während dieser Stunde vor dem feierlichen Abschluss des rituellen Abends keine Vorschriften. Die Mitglieder des Bewahrungskomitees plaudern deshalb in dieser Zeit über dieses und jenes und nutzen sie zu dem, was man neumodisch «Networking» nennt.

Die Stunde war fast vorbei, als ein Mitglied des Bewahrungskomitees um allgemeine Aufmerksamkeit bat. Der Name tut hier nichts zur Sache und muss natürlich geheim bleiben, also nennen wir ihn einfach mal Heiri. Heiri, ein Umweltschützer und Grüner der ersten Stunde, war mittlerweile in Ehren ergraut, was man seinem zotteligen Vollbart deutlich ansah. Er geht sommers wie winters barfuss, hatte sich auch mal politisch betätigt und ist mittlerweile ein anerkannter Experte für intelligente Energiekonzepte geworden. In das Bewahrungskomitee war er wie ich über das zweistufige Verfahren aus zufälliger und gezielter Auswahl gekommen, und er ist dort ein leuchtendes Beispiel für die weise Unvoreingenommenheit bei der Erneuerung dieses Geheimbundes.

Heiri jedenfalls sagte in die entstandene Stille hinein, er habe ja bekannterweise früher so manchen Joint geraucht und so manches Pilzsüppchen gelöffelt und verfüge deshalb über einschlägige Erfahrungen. Die würden ihm sagen, dass er sich im Moment eindeutig auf einem kleinen Trip befände. Am Alkohol könne es nicht liegen, sie hätten ja eine Stunde lang nichts getrunken, und die beschriebene Wirkung habe erst vor Kurzem angefangen. Ob es den anderen auch so ginge?

Der Zweite, der das Wort ergriff, war Moritz – auch das natürlich nicht sein richtiger Name. Auch er trägt einen Vollbart, ist aber sonst das Gegenstück zu Heiri, ein äusserst traditionsbewusster Milchbauer, der sich selbst, und den andere, eindeutig dem konservativen Lager zuordnen. Moritz äusserte sich dahingehend, dass er sich sehr wohl auch etwas «räuschelig» fühle, wie er sich ausdrückte.

Es reihten sich nach und nach auch die anderen in den Chor jener ein, die von einer deutlich wahrnehmbaren Veränderung des Gemüts zu berichten wussten. Ich selbst hütete mich, auf eigene Erfahrungen mit veränderten Bewusstseinszuständen zu verweisen, da ich nicht wusste, ob ich mit ebenso viel Toleranz rechnen durfte wie Heiri. Doch als ich sagte, auch ich spüre eine deutlich wahrnehmbare Veränderung meines geistig-seelischen Grundzustands, und zwar eine sehr angenehme, entsprach dies der Wahrheit.

Die anderen berichteten jetzt ausnahmslos, es handle sich um eine zwar unerwartete und deshalb etwas seltsame Erfahrung, doch eindeutig um eine positive. Zu deren Beschreibung verwendeten sie ganz ähnliche Worte, wie sie Adelina eben benutzt hatte. Heiri, der sich im Laufe seines langen Lebens auch intensiv mit Theologie und Psychologie befasst hatte, war es schliesslich, der die Erfahrung auf den Punkt brachte: Seelenfrieden. Niemand fand ein besseres Wort für die eben gemachte Erfahrung, die nach etwa einer halben Stunde sanft ausklang.

Nur einer hatte die ganze Zeit geschwiegen. Nennen wir ihn mal Herrn Ehrensberger. Herr Ehrensberger ist, so viel muss zum Verständnis der weiteren Geschichte verraten werden, ein hohes Tier bei der Firma, die Appenzeller Alpenbitter herstellt. Da dieser Alpenbitter bei der Produktion der Kräutersulz für den Appenzeller Käse eine wichtige Rolle spielt, ist es nur logisch, dass ein Vertreter dieser Firma im Bewahrungskomitee für deren Geheimrezept vertreten ist.

Herr Ehrensberger war während des Gesprächs der übrigen Komiteemitglieder zunehmend blasser geworden, was nicht unentdeckt blieb. Zur Rede gestellt, bat er darum, die Reste des getesteten Käselaibs genauer prüfen zu dürfen. Er brauchte nur einen Blick, um noch mehr zu erbleichen, und begann dann stockend seine Beichte.

Da sei von seiner Firma offenbar ein falscher Käselaib zum Test durch das Bewahrungskomitee angeliefert worden. Seine Firma liefere ja aus Tradition jeweils die zu testenden Laibe aus ihren eigenen Lagerbeständen, die sie für gute Kunden immer gut gefüllt hätten. Doch so etwas sei ihm noch nie passiert. Eine Schlamperei sei das, regte er sich kurzfristig auf, um dann gleich um Verständnis zu bitten. Sie hätten im Moment personelle Engpässe und erst noch Probleme im Computersystem, und da könne so was schon mal passieren.

Adelina fiel mir an dieser Stelle ins Wort, weil sie wissen wollte, warum der vom Geheimkomitee zu testende Käse von der Firma Alpenbitter geliefert wird und nicht von Appenzeller Käse. Ich erklärte ihr, die Sortenorganisation Appenzeller Käse sei eine virtuelle Firma, die sich um Qualitätskontrolle und Vermarktung kümmere, jedoch selbst keinen Käse produziere und deshalb auch über keine geeigneten Lagerräumlichkeiten verfüge. Da es zu mühsam sei, die zu testenden Laibe direkt von den einzelnen Käsereien zu beziehen, habe man die Lösung mit der Alpenbitter-Firma gefunden, die als Produktionsunternehmen sowohl Kühlräume als auch die nötige Logistik anbieten könne.

Adelinas scharfsinniger Verstand war befriedigt, und so fuhr ich mit meiner Erzählung fort: Wir übrigen Komitee-Mitglieder wollten endlich wissen, was es denn mit diesem falschen Käselaib auf sich habe. Herr Ehrensberger erklärte, der fälschlicherweise von uns heute gekostete Laib gehöre zu einer kleinen Charge von höchstens einem Dutzend Käselaiben, bei denen ein Fehler passiert sei und die nur zur Abklärung der Hintergründe noch aufbewahrt wurden, niemals aber für den menschlichen Verzehr gedacht gewesen wären. Jemand müsse da zum falschen Stapel gegriffen haben, und das täte ihm furchtbar leid.

Erst nach hartnäckigem Nachfragen rückte Herr Ehrensberger dann damit heraus, um was für einen Fehler es sich gehandelt hatte. Es gäbe da eine kleine Käserei, die Appenzeller Käse produziere, dabei aber leicht vom Originalrezept abweiche. Der betreffende Käser – es handle sich um einen

Einmannbetrieb – würde seinen Appenzeller nicht nur wie vorgesehen mit der Kräutersulz einreiben, sondern die letzten sieben Wochen der Reifezeit zusätzlich noch mit Appenzeller Alpenbitter. Dieses Treiben könnte man ihm zwar theoretisch verbieten, doch da sein Käse in allen Geschmackstests immer hervorragend abschneide und sehr beliebt sei, wolle niemand, dass es da zu Konflikten komme, die rufschädigend an die Öffentlichkeit gelangen könnten.

Entsprechend könne der betreffende Käser mit stillschweigendem Einverständnis aller Beteiligten weitermachen, und sie, also die Firma von Appenzeller Alpenbitter, hätten ihm deshalb auch immer ohne Bedenken die benötigten Mengen des Alpenbitters direkt geliefert. Dabei sei vor einigen Monaten ein ähnliches Malheur passiert wie jetzt. Man habe ihm eine falsche Flasche ausgeliefert. Als man das Wochen später endlich gemerkt hatte, war es schon zu spät, ein Dutzend Laibe war mit der falschen Flüssigkeit behandelt worden, aber zum Glück noch nicht ausgeliefert. Herrn Ehrensbergers Firma kaufte alle Laibe anstandslos, um sie vorläufig sicher aufzubewahren. Dass das nicht geklappt hätte, täte ihm wirklich leid.

Es sei ja nichts Schlimmes geschehen, beruhigte ihn Heiri, im Gegenteil, während Moritz brummte, noch lieber als Schuldgefühle wäre ihm eine Aufklärung darüber, was denn in der falschen Flasche gewesen sei und was das mit dem Erlebnis von eben zu tun habe. Herr Ehrensberger liess sich überzeugen, die ganze Geschichte zu erzählen, wir seien ja hier in einer Geheimgesellschaft, weshalb die Geschichte nicht nach draussen dringen könne.

An dieser Stelle meiner Erzählung stöhnte Adelina, es sei langsam genug mit den Geschichten in der Geschichte, das sei ja alles so verschachtelt, dass sie kaum noch mitkomme. Geduldig erläuterte ich ihr, dass nach meiner Erfahrung das Leben nun mal aus ineinander verschachtelten Geschichten bestehe und dass es keinen anderen Weg gebe, darüber einen Überblick zu gewinnen, als jede einzelne Schachtel behutsam und geduldig zu erforschen. Adelina war von meinem philosophischen Exkurs nicht sonderlich überzeugt, erklärte sich aber bereit, die Geschichte anzuhören, die Herr Ehrensberger etwa so erzählt hatte:

Vor einigen Monaten sei ein sicher über achtzigjähriger Mann in sein Büro gekommen, der sich als Pater Thomas aus dem mitten in Appenzell gelegenen Kapuzinerkloster vorstellte. Er gehöre zu den acht Brüdern, die von der einst blühenden Mönchsschar übrig geblieben seien, und müsse nun, nachdem das Kloster wegen Nachwuchsmangels geschlossen werde, anderswohin ziehen.

Herr Ehrensberger hatte von der Auflösung des Klosters gehört und bedauerte den alten Mönch, doch der erklärte, er sei Ortswechsel gewöhnt und brauche kein Mitleid. Hingegen sei er beim Aufräumen des Klosterarchivs, das er, der staubige Dokumente liebe, freiwillig auf sich genommen habe, auf etwas gestossen, das ihn, also Herrn Ehrensberger, interessieren könnte.

Es handelte sich um eine schmale Schachtel, welche die schriftliche Hinterlassenschaft eines Mönchs beinhalte, der um die vorletzte Jahrhundertwende im Kapuzinerkloster in Appenzell gelebt hat. Bruder Gregorius habe er geheissen, erklärte Herr Ehrensbergers Besucher, mehr tue nichts zur Sache, und um die Privatsphäre dieses Gregorius zu schützen, könne er auf das meiste nicht weiter eingehen. Hingegen habe er ein Schriftstück gefunden, aus mehreren Seiten bestehend, die sorgfältig zusammengenäht worden waren. Auf der ersten Seite habe nur der Titel gestanden: «Salus Operatus Materiae Appenzelliensis».

Das sei zwar kein lupenreines Latein gewesen, habe Bruder Thomas erklärt, aber die Bedeutung sei ohne Weiteres klar gewesen: Heil, das aus appenzellischen Materialien gemacht ist. Zudem habe er rasch gemerkt, dass die Anfangsbuchstaben der vier Wörter zusammen ein neues sinnvolles Wort bildeten: Soma.

Herr Ehrensberger hatte es sich zur Gewohnheit gemacht, bei ihm nicht ganz geläufigen Begriffen erst einmal bei Wikipedia reinzuschauen, und das tat er, mit Zustimmung von

Bruder Thomas, auch jetzt. Er überflog den Eintrag und las daraus einige Abschnitte vor, wobei der Mönch einige Male bedächtig mit dem Kopf nickte.

Der Rigveda, von dem im Wikipedia-Beitrag über Soma die Rede war, gehörte, wie Herr Ehrensberger wusste, zu den ältesten und wichtigsten Schriften des Hinduismus. Was er nicht wusste, ihm aber von Bruder Thomas erklärt wurde, war, dass der Rigveda Ende des neunzehnten Jahrhunderts zunächst ins Lateinische und dann bald darauf ins Deutsche übersetzt worden war, was bedeutete, dass Bruder Gregorius ihn gekannt haben konnte. Tatsächlich hatte Thomas in der Klosterbibliothek ein offenbar oft genutztes Exemplar der deutschen Erstausgabe von 1876 gefunden. Schon beim ersten Durchblättern war ihm klar geworden, dass sich Gregorius intensiv mit den Passagen über Soma beschäftigt hatte: Eselsohren und Unterstreichungen häuften sich da besonders.

In kurz gefassten Notizen, die er Herrn Ehrensberger leider nicht geben könne, habe Gregorius tatsächlich davon geschrieben, wie sehr ihn die Idee von Soma fasziniert und gepackt hätte. Mit einem Trank das nach Wahrheit suchende innere Auge des Sehers zu erleuchten und zu weiten und die heiligen Worte und Gedanken zu wecken, das erschien ihm eine geniale göttliche Idee. Zwischendurch hatte er zwar einige Skrupel, weil er mit seiner Arbeit an einem somaähnlichen Elixier möglicherweise dem lieben Gott ins Handwerk pfuschte, schliesslich hatte die christliche Schöpfung kein Soma enthalten. Dann tröstete sich Gregorius mit dem Gedanken, dass der liebe Gott, wenn er schon die Zutaten zu einer solchen Tinktur geschaffen habe und zudem sein, Gregorius', Gehirn, das diese Zutaten neu mischen und aufbereiten konnte, auch in Kauf genommen hätte, dass daraus so etwas wie ein appenzellisches Soma werden könnte.

Von solchen inneren theologischen Debatten weitgehend unbehelligt, werkelte Bruder Gregorius laut seiner Aufzeichnungen unverdrossen an seiner Version von Soma. Er hatte sich zum Ziel gesetzt, aus einem Mythos trinkbare Realität zu machen. Und da praktischerweise niemand wusste, woraus Soma in Wirklichkeit gemacht wurde, fühlte er sich frei, selber eine appenzellische Version zu gestalten.

Zunächst hatte Gregorius geduldig alles Wissen gesammelt, das es zu ernten gab, in uralten Kräuterbüchern in der Klosterbibliothek, vor allem aber bei jenen Männern und besonders Frauen aus dem ganzen Appenzellerland, die über lange und sorgsam gehütetes Wissen um die Heilwirkung von Kräutern, Pilzen und Wurzeln verfügten. Ihm, dem Mönch gegenüber, öffneten sich diese sonst verschlossenen und misstrauischen Wissenshüter rascher und stärker als sonst, und so erfuhr Gregorius, dass so manches Kräutlein nicht nur zur Heilung des Leibes eingesetzt wurde, sondern auch zu Wohl und Frommen von Geist und Seele.

Dann hatte Gregorius viele, viele Stunden in dem kleinen Labor verbracht, das er sich im Keller des Klosters eingerichtet hatte, und dort mit unendlicher Geduld unzählige Mischungen, Verarbeitungsmethoden und Destillationsverfahren ausprobiert. Bis er schliesslich mit dem Ergebnis zufrieden war. Sein Elixier, so schrieb er laut Bruder Thomas am Schluss seiner Aufzeichnungen, habe nun eine somaähnliche Wirkung und befreie tatsächlich Geist und Seele, sei aber frei von jedem hoffärtigen Überschwang, sondern wirke still und bescheiden, wie es sich für ein ordentliches appenzellisches Produkt gebühre. Die Wirkung des Elixiers hielte etwa eine halbe Stunde an und liesse sich am besten mit jenem Zustand bezeichnen, den seine Schäfchen aus der Seelsorge so oft suchten und so selten fänden: Seelenfrieden.

Herr Ehrensberger erzählte, wie elektrisiert er gewesen sei, als Bruder Thomas ihm vom letzten Eintrag in den Notizen von Gregorius erzählte: Er wolle sich nun, schrieb dieser, mit einem vielversprechenden jungen Mann zusammentun, der in Appenzell eben eine Spirituosenproduktion eröffnet habe, um festzustellen, ob sich sein Soma-Rezept auch für die Herstellung in grösserem Massstab eigne.

Herr Ehrensberger hatte nachgefragt, von wann diese Aufzeichnungen datieren, und Thomas hatte erklärt, der letzte

Eintrag stamme aus dem Jahr 1902. Kurz darauf sei Bruder Gregorius, wie er dem klostereigenen Personalregister habe entnehmen können, überraschend an einer Infektionskrankheit gestorben. Ungefähr zur selben Zeit hatte der Gründer von Herrn Ehrensbergers Firma begonnen, eine erste Version des Appenzeller Alpenbitters herzustellen.

Zum Schluss seines Besuchs hatte Pater Thomas noch zwei Blatt Papier aus seiner Kuttentasche gezogen und sie Herrn Ehrensberger überreicht. Es handle sich dabei um das von Bruder Gregorius hinterlassene Rezept für sein Soma, nicht um die Originale natürlich, aber um Kopien. Er und das Kloster könnten damit nichts anfangen – er, Herr Ehrensberger, vielleicht schon. Sprach's und war entschwunden.

Herr Ehrensberger blickte auf das erste Blatt und erstarrte. Darauf notiert waren fein säuberlich die lateinischen und die deutschen Namen von zweiundvierzig Kräutern, nebst genauen Mengenangaben für eine Mischung. Es handelte sich exakt um das sagenumwobene Rezept der Kräutermischung für den Appenzeller Alpenbitter. Dieses Rezept kannten nur zwei Menschen, und einer davon war Herr Ehrensberger. Nun wusste er, woher der Firmengründer das Rezept hatte. Er selbst hatte darüber laut Familiengeschichte nie gesprochen, und so musste sich das Unternehmen nach dem Tod des Gründers damit abfinden, dass sich die Spuren dieses Rezepts auf immer im Dunkeln verlieren würden. Bis zu diesem Moment.

Dann sah sich Herr Ehrensberger das zweite Blatt an. Dort standen, ebenfalls mit Mengenangaben, ein dreiundvierzigstes Kraut sowie mehrere Pilze und Wurzeln. Darunter wiederum fanden sich detaillierte Angaben über die Behandlung der Kräuter, über Extraktionen und Destillationen sowie über Filtrierung.

Herr Ehrensberger war zwar kein ausgebildeter Schnapsbrenner, doch hatte er im Laufe der zwanzig Jahre, in denen er das Unternehmen mit geführt hatte, so viel über Herstellungsmethoden gelernt, dass er sofort die Genialität in dieser

Herstellungsmethode erkannte. Das Endprodukt würde die besten Geschmackselemente verschiedener Spirituosen in sich vereinigen. Und es würde zur Ausbalancierung der bitteren Geschmacksanteile keinen Zucker brauchen. Die Firmenpioniere hatten das einige Male vergeblich versucht, bis sie dann vor vielen Jahrzehnten fanden, einen besseren Kompromiss gebe es nicht, und das Rezept fortan unverändert liessen.

Auch so hatte sich der Alpenbitter prächtig entwickelt, doch Herr Ehrensberger wusste natürlich, dass es potenzielle Kundinnen und Kunden gab, für die der unvermeidliche Zucker zu süss und zu klebrig wirkte, so wie es umgekehrt welche gab, denen der Geschmack immer noch zu bitter war. Mit diesem Rezept, erkannte er sofort, liesse sich der Kundenkreis beträchtlich ausweiten.

Das zweite Blatt war im Gegensatz zum ersten offenkundig nie in die Hände des Firmenpatriarchen gelangt, sonst hätte dieser ohne Zweifel das ganze Rezept ausprobiert. Ob das nun geschehen war, weil der Mönch ein gesundes Misstrauen pflegte oder wegen eines dummen Zufalls, liess sich nicht mehr eruieren und war nicht mehr wichtig. Jetzt hatte er das ganze Rezept in Händen und brannte darauf, es auszuprobieren.

Nachdem er ihm einen tüchtigen Bonus versprochen hatte, erklärte sich sein Chefbrenner bereit, das Rezept in die Tat umzusetzen, ohne zunächst andere zu informieren. Das Ergebnis entsprach den hohen Erwartungen von Herrn Ehrensberger. Nicht nur geschmacklich, das auch, aber der alte Mönch hatte in Sachen Wirkung nicht übertrieben: Dieses neue Destillat verschaffte einem für eine halbe Stunde tatsächlich Seelenfrieden.

In seinem Überschwang gab Herr Ehrensberger den Trank den übrigen Entscheidungsträgern seiner Firma sofort zum Testen. Das Ergebnis war ernüchternd. Die Testpersonen berichteten zwar übereinstimmend von einer gewissen «Rauschigkeit», doch da sich dieser veränderte Bewusstseinszustand deutlich von der alkoholbedingten Beschwingtheit oder

Dumpfheit unterschied, wirkte er auf diese Traditionalisten, die sich einer neuen Erfahrung ungern öffnen, fremdartig und damit unheimlich. Schnell kam das böse Wort «Drogen» auf, und davon wollten die anderen Entscheidungsträger die Finger lassen. Schon mal hätte ein Destillat mit einer deutlich bewusstseinsverändernden Wirkung üble Probleme verursacht, nämlich der Absinth, und auf ein solches Risiko wollten sie sich auf keinen Fall einlassen.

Damit war das Projekt «Soma» beerdigt. Immerhin gelang es Herrn Ehrensberger, die paar Flaschen, die von der Testproduktion übrig geblieben waren, zu retten. Und aus diesem Vorrat war dann eben durch einen ähnlich dummen Fehler eine Flasche zum erwähnten Käser gelangt. Dieser hatte das Dutzend Laibe damit eingerieben, und so war offenbar die ganze Wirkung von Soma auf den Käse übergegangen. Denn das, schloss Herr Ehrensberger seine Geschichte, was er eben erlebt habe, gleiche aufs Haar der Wirkung, die er von Soma kenne.

Nachdem das restliche Bewahrungskomitee die Geschichte unter gütiger Mithilfe einer Runde gut mit Appenzeller Alpenbitter gefüllter Gläser – normalem, wie Herr Ehrensberger versicherte – halbwegs verdaut hatte, entspann sich eine lebhafte Diskussion über die Konsequenzen der eben gemachten Entdeckung. Bald wurde klar, dass die Grundstimmung, anders als bei den Alpenbitter-Verantwortlichen, eine positive war. Die durch den Genuss dieses speziellen Stücks Appenzeller Käse ausgelöste Erfahrung von Seelenfrieden wurde einhellig positiv bewertet. Nicht unbedingt als das, was man dauerhaft wollen oder auch nur ertragen würde, aber als gelegentliche Tankstelle für die Seele, als sporadische Erfahrung, um immer wieder mal Kraft und Gelassenheit zu schöpfen, konnten sich das alle gut vorstellen.

Warum also sollte man diese Wirkung anderen vorenthalten? Und warum sollte man sich die Verdienstmöglichkeiten, die sich aus der Entdeckung zweifellos ergaben, sausen lassen? Wesentlich zu dieser nüchtern-pragmatischen Betrachtungsweise trug Heiri bei, der darauf hinwies, die Konkurrenz von Greyerzer bewerbe ihren Käse ja schon lange mit dem Argument, er beruhige das Gemüt. Warum also sollte es da keinen Appenzeller Käse geben, der Seelenfrieden schenkt?

Noch vor dem feierlichen Schlussritual wurde sich das Bewahrungskomitee einig, dass man die zufällige Entdeckung nicht begraben, sondern als Projekt weiterverfolgen wolle. Dabei wurde schnell klar, dass das nicht ohne zusätzliche Tests gehen würde. Einen Teil davon konnten die Mitglieder des Bewahrungskomitees selbst übernehmen, doch es brauchte unbedingt ein paar zusätzliche Testpersonen von ausserhalb, die unbefangen und neutral an die Sache gehen konnten.

Gleichzeitig war ebenso klar, dass das alles unter völliger Geheimhaltung ablaufen müsste, top secret sozusagen. Der «Appenzeller Secret», wie wir ihn schnell nannten, musste so lange, wie die weiteren Tests und Abklärungen dauerten, tatsächlich ein Geheimnis bleiben. Die Konkurrenz schläft bekanntlich nicht. Wie aber sollte man ein Grüppchen von externen Testpersonen finden, das wirklich ein Geheimnis für sich bewahren konnte?

Ich hatte mich in den bisherigen Diskussionen eher zurückgehalten, weil ich mich als Frischling nicht aufdrängen wollte. Doch jetzt wagte ich einen schüchternen Vorschlag. Ich hätte vielleicht eine Lösung. Zufällig sei ich nicht nur Mitglied des ehrenwerten Geheimbundes namens Bewahrungskomitee, sondern zugleich Gründungsmitglied eines weiteren, allerdings gänzlich privaten Geheimbundes. Und da das Bewahren von Geheimnissen gleichsam zur Grundausstattung eines Geheimbundes gehöre, könnte ich mir gut vorstellen, diesen Kreis als Testrunde für den Appenzeller Secret zu nutzen. Nachdem ich das Nötigste zu diesem zweiten Geheimbund erläutert hatte, stimmte das Bewahrungskomitee einstimmig diesem Vorgehen zu und beauftragte mich abzuklären, ob die das überhaupt wollten. Falls ja, hätte ich freie Hand, die erforderlichen Tests durchzuführen.

Adelina staunte nicht schlecht, als sie von der Existenz eines zweiten Geheimbundes erfuhr, dem ich angehörte, und schaltete natürlich blitzschnell: Endlich kamen offenbar Hans und die Beerdigungsgäste ins Spiel, die ich entgegen meiner Beteuerungen doch kannte. Ich bestätigte ihr diese Vermutung und versprach, nach einer kurzen Pause mit meiner Geschichte fortzufahren.

Geheimbund im Wartestand

Nachdem wir Leib und Seele verköstigt hatten, legte ich wieder los.

Ich muss gleich noch ein Geständnis machen. Durch meine Mitwirkung im Bewahrungskomitee bin ich auf den Geschmack gekommen. Auf den Geschmack von Geheimbünden und geheimnisvollen Logen mit festen Regeln und Ritualen. Und das passiert ausgerechnet mir, dem grossen Solisten und Einzelgänger, der sich um keinen Preis der Welt in feste Strukturen einordnen und fremden Regeln unterwerfen will! Auch im fortgeschrittenen Alter kann man in sich noch unerwartete Seiten entdecken, Teilpersönlichkeiten, die vermutlich immer da waren, bisher aber zu kurz kamen und deshalb jetzt endlich auch mitspielen wollen.

Oft braucht es einen Anstoss von aussen, um einer solchen Teilpersönlichkeit ihren Auftritt auf jener inneren Bühne zu ermöglichen, die das Schauspiel unserer Gesamtpersönlichkeit aufführt. So war es mit meiner Aufnahme in das Bewahrungskomitee, die ja wesentlich auf einer Zufallsauswahl beruhte. Und so war es auch das zweite Mal. Auch dabei spielte der Zufall eine grosse Rolle.

Es geschah auf einem Geburtstagsfest. Eine gute Bekannte von mir feierte nicht weit von hier ihren Sechzigsten – ja, wenn man selbst so um die sechzig ist, häufen sich Sechzigjährige im Freundeskreis naturgemäss. Die meisten Gäste waren schon gegangen, die Gastgeber waren bereits am Aufräumen, nur ein Fähnlein von Aufrechten sass noch zusammen. Es waren jene Gäste, die den kürzesten Weg hatten und dafür kein Auto brauchten, weshalb sie sich guten Gewissens noch ein Gläschen des köstlichen Rotweins genehmigen konnten und wollten, den die grosszügigen Gastgeber in mehr als ausreichenden Mengen aufgetischt hatten.

Die sechs Menschen, die mit mir noch zusammensassen, übernachteten alle im nahen Landgasthof «Hirschen». Sie hatten ihre Autos dort stehen lassen. Auch mein Nachhauseweg war überschaubar. Zudem war es Samstagabend, alle konnten am nächsten Morgen ausschlafen, es gab keinen Grund für einen überstürzten Aufbruch. Die Gastgeber verkündeten, sie würden sich jetzt schlafen legen, ermunterten uns aber, ruhig weiterzumachen, solange wir Lust hätten. Unser Tisch stünde im Garten so weit weg von ihrem Schlafzimmerfenster, dass unser Gespräch sie nicht stören würde, und Tranksame sei auch genug vorhanden.

Es war ein Fähnlein von sieben Aufrechten, drei Frauen und vier Männern. Die meisten kannte ich übrigens damals noch nicht oder jedenfalls nur flüchtig, und zwischen den anderen hatte es bis dahin auch nur wenige Berührungspunkte gegeben. Eine Gemeinsamkeit stellten wir allerdings bald fest: Alle lebten seit etlichen Jahren im Appenzellerland, wenn auch die wenigsten hier geboren waren.

Als wir ein Weilchen über die Gründe der Wahl unseres gemeinsamen Lebensortes geplaudert hatten, merkte Hans, der sich als Historiker vorgestellt hatte, an, etwas, was ihn am Appenzellerland fasziniere, sei, dass man hier immer wieder über skurrile Geschichten stolpere. Erst gestern sei er bei einer lokalhistorischen Recherche im Internet auf eine nicht mehr ganz taufrische Meldung gestossen, und die hätte ihn so beeindruckt, dass er sie ausgedruckt und sogar eingesteckt habe.

Er zog ein gefaltetes Blatt Papier aus seiner Jackentasche, entfaltete es und las die kurze Meldung mit seiner vertrauenerweckenden Bassstimme vor:

Letzte Illuminaten leben im Appenzell – Der Geheimbund der Illuminaten, Objekt unzähliger Verschwörungstheorien, existiert nach wie vor. – Adalbert Schmid (61), wohnhaft im appenzellischen Stein, gab dem ‹SonntagsBlick› Auskunft über das jahrhundertealte Erbe «seines» Geheimbunds: ‹Ja, wir hier in Stein sind die letzten Mitglieder des Ordens›, bestätigt er. ‹Wir sind keine Weltverschwörer. Der haarsträubende Unsinn, der im Film verbreitet wird, hat nichts mit uns zu tun.› Durch ‹Angels & Demons› sieht er sich genötigt, seine Organisation zu erklären: Der 1776 vom Philosophen Adam Weishaupt in Ingolstadt (D) gegründete Orden widme sich der Alchemie, der Traumdeutung und den Geheimwissenschaften.

Ehe ich meine Zunge im Zaum halten konnte, warf ich ein, es handle sich bei dieser seit Langem bekannten obskuren Gruppe keineswegs um den einzigen Geheimbund im Appenzellerland. Natürlich wurden die anderen sofort neugierig und fragten, woher ich das wüsste. Zum Glück konnte ich die Antwort, das sei mir aus eigener Erfahrung bekannt, gerade noch runterschlucken und mich in die Erklärung flüchten, als früherer Lokaljournalist seien mir allerhand Gerüchte zu Ohren gekommen, doch mehr als Gerüchte hätte ich leider auch nicht zu bieten.

Über die Frage, warum Geheimbünde eine derartige Faszination ausüben, entspann sich eine lebhafte Diskussion, in welcher alle Beteiligten ihre persönlichen Standpunkte einbrachten, aus denen sich aber bald ein gemeinsames Bild entwickelte. Wir waren uns einig, dass das Angezogensein durch Geheimnisse aller Art zur menschlichen Grundausstattung gehört und schon in früher Kindheit sichtbar wird. Etwas zu wissen, was nicht alle wissen, oder gar zu wissen, dass es Wissen gibt, das wir nicht wissen können oder dürfen, zieht uns an, weil es unsere Neugier weckt und anstachelt. Und was wäre geheimnisvoller als ein Geheimbund?

Zusätzlich besticht das Modell Geheimbund gerade in unserer Zeit, weil es das ideale Gegenmodell ist. Unsere Zeit ist geprägt von der Auflösung aller Gewissheiten. Alles ist möglich, ständig stehen wir vor der Qual der Wahl. Es gibt keine fixen Regeln mehr und ebenso wenig feste Werte. Grenzen verwischen, und all das führt zu einem zunehmenden Verlust an so wichtigen geistig-seelischen Ressourcen wie Identität, Orientierung und Sinn.

Simplere Gemüter greifen in einer solchen Situation nach den schrecklich vereinfachenden Erklärungen von Sekten oder populistischen Politikern: Schuld sind immer die anderen, vorzugsweise die Ausländer oder wahlweise auch die bösen Bonzen. Anspruchsvollere Geister wissen, dass die Welt zu komplex ist, um sie so simpel erklären zu können. Doch auch sie sehnen sich, manchmal uneingestanden und manchmal offen, nach einer klaren Weltsicht, nach verbindlichen Werten und Regeln, nach eindeutigen Grenzen zwischen innen und aussen. All das bietet das Modell Geheimbund, weshalb es kein Wunder ist, dass sich viele davon einen Zuwachs an Identität, Orientierung und Sinn erhoffen.

Im weiteren Verlauf des Gesprächs fanden wir heraus, dass uns diese Erklärung nicht nur theoretisch überzeugte, sondern auch persönlich. Alle waren wir ehrlich genug zuzugeben, dass es in irgendeinem Winkel unserer Persönlichkeit etwas gebe, das von der Idee des Geheimbunds fasziniert war – und sei es nur die nostalgische Erinnerung an jugendliche Pfadfinderromantik. Deshalb war es eigentlich keine Überraschung, dass plötzlich jemand – ich weiss beim besten Willen nicht mehr, wer es war – die entscheidende Frage in die Runde warf: «Warum gründen wir nicht unseren eigenen Geheimbund?»

Für einen Moment herrschte betretenes Schweigen. Dann hörte man zunächst ein leise geräuspertes «Warum eigentlich nicht?», daraufhin ein schon etwas lauteres «Eigentlich eine gute Idee ...» und schliesslich ein überzeugtes «Auf geht's!».

Nachdem so auch ohne formale Abstimmung der Grundsatzentscheid gefällt worden war, fand sich noch eine letzte Flasche Wein, worauf wir uns gegenseitig zuprosteten und auf die Gründung unseres Geheimbundes anstiessen. Wir werweissten noch ein Weilchen, wie genau dieser aussehen könnte, merkten dann aber bald, dass die zunehmende Müdigkeit unserer Kreativität Grenzen setzte, und beschlossen, das Gespräch bis zum gemeinsamen Frühstück im «Hirschen» am nächsten Morgen zu vertagen.

Bevor wir aufbrachen, ergriff Gertrud, die Psychologin, das Wort und gab uns noch einen wichtigen Hinweis mit auf den Weg. Ihr sei aufgefallen, dass die ganzen Diskussionen, die wir an diesem Abend führten, einen ausgesprochen philosophischen Unterton hatten. Sie seien geprägt gewesen von einem Geist des Hinterfragens, des Suchens nach Zusammenhängen und Querbezügen, des sorgsamen Umgangs mit der Sprache, des konstruktiven Zweifels, des gegenseitigen Respekts und des gemeinsamen Willens, unterschiedliche Perspektiven zu einer neuen Gesamtsicht zu vereinen. Kurzum, sie habe den Eindruck, wir alle seien, obwohl sich niemand offiziell mit Philosophie beschäftige, im Grunde unseres Geistes und Herzens verkappte Philosophinnen und Philosophen.

Schon halb im Aufstehen begriffen, sahen wir uns gegenseitig an und mussten zugeben, dass diese Diagnose zutraf. Woraufhin Gertrud abschliessend meinte, wenn schon die Illuminaten von einem Philosophen gegründet worden seien, könnte unser Geheimbund doch einfach auch gleich ein philosophischer sein.

Das Frühstück brachte keine neuen Erkenntnisse. Doch am ersten Wochenende, an dem wir uns wieder trafen, ergab sich als Thema für die aufwärmende Diskussionsrunde ganz organisch das Philosophieren über Philosophie. Dabei kam unweigerlich auch die Idee des grossen griechischen Philosophen Plato zur Sprache, der nicht viel von Demokratie hielt, sondern sich lieber einen Philosophen-Staat ausmalte, also ein Gemeinwesen, das von Philosophen gelenkt wird. Das erschien uns als reichlich absurder Gedanke, käme doch ein Philosoph, der seinen Job ernst nimmt, vor lauter Grübeln und Hinterfragen gar nicht zum Regieren. Und ein Philosoph, der genau wüsste, was für seinen Staat richtig und was falsch ist, hätte seinen Beruf ebenfalls verfehlt.

Adelina hatte schon eine ganze Weile unruhig gewirkt. Jetzt hielt sie es endgültig nicht mehr aus und forderte mich deutlich auf, mich nicht in philosophischen Abschweifungen zu verlieren. Das seien zwar unter anderen Umständen möglicherweise interessante Seitenpfade, doch sie wolle lieber wissen, wie denn dieser obskure Geheimbund dazu gekommen sei, den Appenzeller Secret zu testen.

Ich musste mich erst mal einen Moment lang sammeln. Natürlich hätte ich lieber die ausführliche Version der Geschichte erzählt, musste jedoch einsehen, dass das wohl besser ein anderes Mal geschehen würde. So kam Adelina vorläufig nur in den Genuss der nicht ganz so ausführlichen Version.

Die kleine Denkpause hatte mir gutgetan. Ich konnte jetzt, aus einer gewissen Distanz, zugeben, dass unser Geheimbund höchstens einer in Anführungszeichen war, also ein «Geheimbund». Eigentlich war es einfach ein netter Gesprächskreis von Menschen, die sich durch gemeinsame Interessen und biographische Erfahrungen verbunden fühlten.

Statt mit «Geheimbund» hätte man diesen Kreis auch als Altachtundsechziger-Grüppchen bezeichnen können. Schliesslich waren wir alle so um die sechzig Jahre alt und damit Angehörige jener Generation, die man gemeinhin die Achtundsechziger nennt – mit Ausnahme von Hans, der erst Mitte vierzig war. Wir stimmten darin überein, dass dieses Symbol viel zu kurz greift, zum Beispiel weil es damals nicht nur um Politik ging, sondern auch um Zusammenleben oder Kultur. Wir stellten auch fest, dass es bis weit in die siebziger Jahre hinein so etwas wie einen Zeitgeist gab, der unsere Generation verbunden und geprägt hat – oder jedenfalls einen Teil davon, dem wir uns aber alle zugehörig fühlten.

Alle wussten wir von Erfahrungen aus unserer Zeit als Jugendliche und junge Erwachsene zu berichten. Alle hatten wir uns damals politisch engagiert, wobei das Spektrum der bevorzugten Gruppen und Gruppchen breit war und von obskuren marxistischen Splittergruppen bis zum bürgerlichen Flügel der Sozialdemokraten oder von feministischen bis zu frühen Ökogruppen reichte. Dazu hatten wir alle mit freier Liebe und offener Beziehung, mit bewusstseinsverändernden Drogen und neuen Kunstformen experimentiert. Immer im ungebrochenen Bewusstsein, wir täten damit Entscheidendes, um die Welt zu verbessern.

Die Welt verbessern zu wollen war damals selbstverständlich. Und das wirkte leichter als jemals davor und danach. Die ökonomischen Zukunftsaussichten erschienen rosig, darum brauchte man sich nicht zu kümmern. Es gab eine Menge Verkrustungen, gegen die man sich mit Fug und Recht auflehnen konnte, und die Feindbilder waren auch klar. Dazu kam der jugendliche Übermut zu glauben, man wüsste genau, wie eine bessere Welt auszusehen hätte.

Diese geistige Überheblichkeit, mussten wir uns zerknirscht eingestehen, war wohl das, was am ehesten als Jugendsünde bezeichnet werden konnte. Im Rückblick erschien uns allen die Vorstellung, es gäbe Patentrezepte für eine bessere Welt, die für alle und jeden gültig seien, geradezu absurd. Dank einer gewissen Altersmilde waren wir bereit, uns dafür zu verzeihen. Schliesslich waren wir alle nicht in dieser seltsamen Denkweise stecken geblieben, sondern hatten im Laufe eines langen Reifungsprozesses gelernt, die Vorzüge eines individuellen, differenzierten Denkens zu schätzen, und konnten so die damalige Entwicklungsstufe als unvermeidliche geistige Verwirrung abbuchen.

Davon abgesehen, stellten wir fest, wollten wir alle diese Lebensphase keineswegs missen. Es war damals einfach ein gutes Gefühl, sich für die Verbesserung der Welt einzusetzen. Es hatte die Quellen von Identität, Orientierung und Sinn reichlich sprudeln lassen. Einen Moment lang bestand sogar die Gefahr, dass wir in ein kollektives Gefühl des nostalgischen Bedauerns darüber abrutschten, dass jene schönen Zeiten unwiederbringlich vorbei waren, weil uns das Leben gelehrt hatte, dass die Welt zwar nach wie vor verbesserungswürdig war, sich aber um unsere Meinung dazu einen feuchten Dreck kümmerte.

Diese Abwendung von der Verbesserung der Welt als Ganzem, fanden wir zum Glück heraus, hatte auch ihr Gutes gehabt. Wir hatten gelernt, in unserem beschränkten kleinen Wirkungsfeld da und dort einen kleinen Beitrag zu einer besseren Welt zu leisten. Vor allem aber hatten wir uns uns selbst zugewandt im mehr oder weniger geglückten Bemühen, aus uns bessere Menschen zu machen. Und aus dieser neuen Bescheidenheit heraus waren Identität, Orientierung und Sinn gewachsen.

Als wir, mittlerweile geistig beflügelt von einer ersten Runde Appenzeller Alpenbitter, noch tiefer bohrten, entdeckten wir, dass trotzdem in uns allen noch ein Flämmchen aus jener fernen Zeit glomm, das geduldig darauf wartete, eines Tages wieder zu einer grösseren Flamme zu werden. Wir fanden alle im Fundus unserer Teilpersönlichkeiten jene jugendlichen Weltverbesserer, die davon träumten, endlich wieder im Orchester unserer Gesamtpersönlichkeit mitspielen zu dürfen.

Und schon hatten wir ein Ziel für unseren Geheimbund gefunden: die Welt zu verbessern. Oder, besser gesagt, einen kleinen Beitrag dazu zu leisten. Nicht mehr im jugendlichen Überschwang und Übermut von damals, aber anknüpfend an jene Begeisterung. Was würde herauskommen, wenn man jungen Antrieb und reife Erfahrung kombiniert? Das schien ein vielversprechendes Experiment zu werden.

Adelina schaute mich mit Augen an, aus denen Güte quoll, und meinte nachsichtig, sie würde mir ja einen kleinen nostalgischen Trip zurück in eine längst vergangene Zeit gern gönnen, doch mit einem Club, der ganz generell die Welt verbessern wolle, könne sie im Moment wenig anfangen. Ob ich nicht noch mehr abkürzen könne?

Tatsächlich hätte ich noch tagelang über die Inhalte der Gespräche in unserem «Geheimbund» berichten können, über den archimedischen Hebel, mit dem man die Welt bewegen konnte, falls es ihn gäbe, über Bewusstsein und Spirit, über Aufklärung und Denkanstösse. Doch das schenkte ich mir, oder besser ihr, und fasste nur kurz zusammen, wir seien eigentlich über einen wenngleich befruchtenden und beglückenden, so doch letztlich folgenlosen geistigen Austausch nie hinausgekommen. Um den Anschein eines Geheimbundes zu wahren, hätten wir einige harmlose Rituale entwickelt und gepflegt, mehr sei da nicht gewesen. Ausser einer vagen Sehnsucht, das Gefäss unseres, übrigens immer noch namenlosen, «Geheimbunds» würde sich eines Tages doch mal noch mit einer ordentlichen Portion Sinn und Zweck füllen. Ein Geheimbund im Wartestand sozusagen.

Adelina guckte immer noch ziemlich verständnislos, doch ich konnte sie beruhigen, die Geschichte des zweiten «Geheimbundes» komme allmählich auf den Punkt. An dessen letztem Treffen hatte sich eine Diskussion darüber entsponnen, was wir selbst als wirksamen und mächtigen Einfluss auf die Entwicklung unseres eigenen Geistes oder Bewusstseins erlebt hatten. Genannt wurden die üblichen Verdächtigen wie Begegnungen mit eindrucksvollen Menschen oder die Lektüre von Büchern, die unser Bewusstsein verändert hatten. Bis Jonathan das Wort ergriff und unverblümt erklärte, wenn er sich auf eine wirklich zentrale Erinnerung beschränken müsste, dann würde er – übrigens wie Steve Jobs, der nach seinem Ableben vollends zum mythologischen Helden verklärte Gründer von Apple – seinen ersten LSD-Trip wählen. Damals sei er auf einen Schlag die Illusion losgeworden, die Art, wie er üblicherweise sich selbst und die Welt wahrnehme und erlebe, sei die einzig existierende oder gar mögliche. Wie er da so allein am Waldrand gelegen und die Bäume tanzen gesehen habe, habe er die Relativität jeder Wirklichkeit leibhaftig erlebt. Einen Moment lang habe er sogar befürchtet, auf Dauer in dieser gänzlich anderen Realität bleiben zu müssen, was die Kommunikation mit den normalen Mitmenschen etwas schwierig gemacht hätte. Doch dann habe er am selben Abend, noch immer in seiner berauschten Realität, völlig problemlos seine Pflichten als Platzanweiser in einem Kino wahrgenommen und dabei gelernt, dass sich verschiedene Realitäten gut vertragen können.

Das sei ihm eine Lehre fürs Leben gewesen. Er habe fortan nie mehr unter jener geistigen Platzangst gelitten, die viele Leute glauben macht, es gäbe in ihrem Kopf nur Platz für eine einzige, fein säuberlich abgegrenzte Wirklichkeit oder das, was sie dafür halten. Er dagegen habe seit damals gewusst, dass es nicht nur Platz für unterschiedliche Realitäten gibt, sondern dass es Spass macht, zwischen diesen hin und her zu hüpfen und das Beste aus allen miteinander zu verknüpfen.

Die Tatsache, dass es weniger als ein Milligramm eines chemischen Stoffes braucht, um solche Wirkungen zu erzielen, habe ihn besonders fasziniert. Dass winzige biochemische Veränderungen Geist und Seele so beeinflussen können, habe ihn endgültig vom idealistischen Glauben an einen Geist, der völlig unabhängig vom Körper und Gehirn existiert, geheilt. Stattdessen habe er, der durchaus spirituell Interessierte, nicht zuletzt dieses Erlebnisses wegen das Studium der Chemie gewählt und beschäftige sich immer noch primär mit psychoaktiven Stoffen.

Dieses Geständnis regte zu weiteren an. Wie wir schon früher herausgefunden hatten, verfügten alle über einschlägige Erfahrungen, von denen die meisten jahrzehntelang zurücklagen. In den damaligen experimentierfreudigen Zeiten lag es für neugierige und offene Geister nahe, das eigene Bewusstsein auch mit Hilfe von Molekülen zu erforschen.

Ich weiss nicht mehr, wer in die aufkeimende nostalgisch-euphorische Stimmung die Erinnerung an Zeiten einbrachte, in denen bewusstseinsverändernde Stoffe als möglicher archimedischer Hebel für die Hebung des allgemeinen Bewusstseins-Niveaus gegolten hatten. Auch Steve Jobs hat ja mal geäussert, was Bill Gates von Microsoft fehle, sei eine ordentliche LSD-Erfahrung.

Natürlich wäre das nicht unbedingt eine gute Idee gewesen, doch jetzt waren wir auf den Geschmack gekommen und fragten uns, wie denn ein Stoff eigentlich wirken müsste, der Geist und Bewusstsein in unserem Sinne verändern könnte. Es müsste etwas ganz Neues her. Etwas, das zunächst die gröbsten Hindernisse für die freie Entfaltung unseres Geistes beseitigen würde, wie etwa die geistige Platzangst, die Neigung, uns immer mit dem Falschen zu vergleichen, welche die fatale Folge hat, dass daraus Neid erwächst, unser Festklammern an der Vergangenheit, unsere kurzsichtigen Perspektiven. Stattdessen müsste dieses Ding bewirken, dass wir unseren eigenen Standpunkt in neuer Klarheit erleben und zugleich neugieriger und offener für andere Standpunkte werden. Es sollte ein souveränes und gelassenes Ruhen in uns selbst bewirken und zugleich den Respekt für andere und für unsere Umwelt stärken. Es sollte einen runden Weitblick bewirken und uns zugleich tief in der Erde verwurzeln. Es sollte den Geist erheben und zugleich die Seele vertiefen. Und es müsste uns gesunden Stolz auf uns selbst und zugleich Bescheidenheit dem Unabänderlichen gegenüber schenken. Natürlich alles ohne schädliche Nebenwirkungen und Suchtgefahren.

An dieser Stelle griff ich ein und erklärte, ich hätte da vielleicht was. Ich sei auf Wegen und Umwegen, die ich aus Gründen höherrangiger Geheimhaltungsverpflichtungen nicht näher beschreiben könne, zu einer speziellen Abwandlung von Appenzeller Käse gekommen, die nach meiner persönlichen Erfahrung und jener von ein paar anderen Leuten tatsächlich das bewirken könne, was wir von einem Geheimrezept zur Verbesserung des menschlichen Spirits erwarten würden: eine halbe Stunde Seelenfrieden. Und ich hätte den Auftrag, sie, also unseren «Geheimbund», zu fragen, ob sie als unvoreingenommene Testpersonen überprüfen wollten, ob diese Wirkung mehr sei als Einbildung.

Natürlich wollten alle, wenngleich noch eine gewisse Skepsis der Idee gegenüber zu spüren war, ausgerechnet ein Käse könnte die gewünschte Wirkung bringen. Am liebsten hätten sie den Test sofort gemacht, doch ich plädierte dafür, einen würdigen Rahmen für den Test zu schaffen und ihn deshalb auf das nächste gemeinsame Wochenende zu vertagen. Ich wurde noch mit der Gestaltung dieses Rahmens beauftragt, dann zerstreute sich die Gruppe für dieses Mal.

Szene am Bach

Adelina war natürlich schnell klar geworden, dass es sich beim Historiker Hans um das Mordopfer handelte und dass die übrigen fünf Mitglieder des «Geheimbundes» an der Zeremonie am Bach dabei gewesen waren. Was es mit diesem Ort für eine Bewandtnis hatte, erzählte ich ihr jetzt.

Bei der Auswahl des Orts für unseren Test des Appenzeller Secrets hatte ich mich vom Gespräch mit Hans über Beethovens Pastorale inspirieren lassen. In der sechsten Symphonie lautet die Bezeichnung des zweiten Satzes nämlich «Szene am Bach», und ein Bach schien mir ein guter Ort für unser Vorhaben zu sein.

Am vorgesehenen Tag hatte sich, wie von den Wetterfröschen angekündigt, der Himmel aufgeklart, die Sonne strahlte, von Wolken weitgehend unbehelligt, von einem sattblauen Himmel. Die Temperatur war fast sommerlich warm und ohne jeden Hauch von Schwüle. Wir betrachteten das als gutes Omen für unsere geplante kleine Exkursion zum Bach und zogen los.

Dass wir das zu Fuss taten, war Ehrensache. Wohl hätte man sich den Anmarsch bis auf die letzten zehn Minuten sparen können, wenn wir mit dem Auto bis zur nächstmöglichen Stelle gefahren wären, doch die eigenfüssige Annäherung an unseren Ritualplatz erschien uns angemessen spirituell. Abgesehen davon dauerte der ganze Fussmarsch ohnehin nicht länger als eine knappe halbe Stunde.

Den genauen Standort des von mir höchstpersönlich ausgesuchten Platzes am Bach werde ich hier nicht verraten. Ich hatte ihn gewählt, weil er einerseits in erträglicher Distanz von meinem Häuschen lag, andererseits so unbekannt war und abseits der üblichen Routen lag, dass sich die Gefahr, von unbedarften Wanderern gestört zu werden, auf ein minimales Restrisiko beschränkte. Und das soll auch so bleiben.

Als wir jenen Waldrand erreicht hatten, von dem uns ein schmaler Pfad hinunter zum Bach führen würde, wies ich meine Geschwister in Spirit auf die Beerenbüsche hin, die dort üppig wucherten. Wilde Beeren direkt vom Strauch in den Mund zu stecken, fand ich schon immer eine der am höchsten entwickelten Formen der Nahrungsaufnahme. Diesmal hatte sich die freigebige Natur selbst übertroffen, hatte sie doch zugleich reife Himbeeren und Brombeeren im Angebot.

Dem mehr als durchwachsenen Sommer Tribut zollend, gab es zwar nicht viele reife Beeren, und diese wenigen waren eher klein gewachsen, doch es reichte, um die himbeerige und brombeerige Essenz von Geschmack, Duft und Inhaltsstoffen in ausreichenden Mengen in unseren Gaumen und Mägen zu platzieren.

Bevor wir uns solcherart an Leib und Seele gestärkt an den Abstieg machten, erläuterte ich kurz die Wahl meines Ortes für diesen Nachmittag. An der Wahl eines Baches sei wohl auch mein Sternzeichen schuld. Wohl würde ich nicht im eigentlichen Sinne an Astrologie glauben, doch gebe es darin Elemente, von denen ich zugeben müsse, es könnte was dran sein. Dazu gehöre die Zuordnung des Sternzeichens Krebs zum Element Wasser, und zwar eben nicht zu Fluss oder Meer, sondern zu Quelle und Bach. Ob dem nun so sei oder nicht, ich jedenfalls fühlte mich immer wieder zu kleineren oder grösseren Bächen hingezogen und würde diese als Kraftquelle erleben.

So hübsch ich Bergbäche fände, die sich durch nackte Alpweiden schlängelten oder sich über ebenso nackte Felswände stürzten, so sehr fände ich es am schönsten, wenn Bäche durch bewaldete Tobel und Schluchten flössen. Für mich, so erklärte ich, gehörten Bach und Wald zusammen, und davon fänden sich im Appenzellerland zum Glück reichlich. Als im frühen Mittelalter die ersten Besiedler des Appenzellerlands dem Siedlungsdruck im fruchtbareren Unterland gegen oben auswichen, fanden sie ausschliesslich dichte Wälder vor, die vorwiegend aus Nadelhölzern bestanden, die sie erst mühsam roden mussten, um Weideland für ihr Vieh zu schaffen.

Wo früher das dunkle Grün der Wälder die ganze Landschaft beherrscht hatte, wurde nun allmählich das helle Grün der Wiesen zur dominanten Farbe, unterbrochen nur von den dunkelgrünen Resten des Waldes. Diesen hatten die rodenden Vorfahren überall dort stehen lassen, wo das Gelände für Kühe und Heuer zu steil war, und diese steilen Abhänge befanden sich vorzugsweise an Bergflanken und an den Seitenwänden der Bachschluchten. So kam es, dass die meisten Appenzeller Bäche durch eine wilde Waldlandschaft fliessen.

Wild nicht nur deshalb, weil diese Wälder kaum bewirtschaftet werden, sondern auch, weil diese Abhänge lebendig sind und sich immer wieder verändern. Bei heftigen Gewittern rutscht schon mal ein Stück runter in den Bach, und so kommt es, dass immer wieder mal ein umgestürzter Baum eine natürliche Brücke über einen Bachlauf bildet.

In einer solchen Landschaft befanden wir uns nun. Nur noch eine kaum sichtbare Wegspur schlängelte sich den Bach entlang, immer wieder Haken um einen umgestürzten Baum oder einen heruntergerollten Felsen schlagend. Bis hierher drang kein Sonnenstrahl, und die von Feuchtigkeit gesättigte Luft hätte uns frösteln lassen, wenn nicht das anstrengende Gehen für Kompensation gesorgt hätte.

Schon bald sahen wir unser Ziel. An dieser Stelle beschrieb der Bach eine Kurve. An deren Aussenseite fiel der Abhang steil direkt am Bachufer ab, doch zum Ausgleich hatte der Bach an der Innenseite der Kurve eine fast flache Sandbank abgelagert, die uns für die folgenden Stunden einen bequemen Lagerplatz anbieten würde. Der Bach war an dieser Stelle so breit, dass der Wald eine ausreichend grosse Lücke offen liess, um die Sonne zu dieser frühnachmittäglichen Stunde bis an den Talgrund scheinen zu lassen. Wer wollte, konnte sich an die Sonne setzen oder legen, und auch für die Liebhaber des Schattens oder Halbschattens gab es genügend bequeme Plätze.

Vor dem letzten Wegstück bat ich meine Gefährten, ganz still zu sein, langsam den Bach entlangzuschreiten und einfach nur auf seine Klänge zu hören, was sie bereitwillig taten. Auch ich lauschte, und obwohl ich diese Übung in Achtsamkeit an dieser Stelle schon oft gemacht hatte, war ich wieder überwältigt von der Vielfalt dieser Klänge. Durch das langsame Gehen erreichten von vorne immer wieder neue Geräusche meine Ohren, während die hinter mir allmählich verklangen.

Wie meine Gefährtinnen und Gefährten nach der Ankunft an unserer Stelle bestätigten, dauert es immer eine Weile, bis man aus dem anfangs einheitlich und monoton klingenden Rauschen des Baches einzelne Klänge heraushört. Allmählich jedoch wird das Spektrum dieser Klänge immer breiter und feiner. Auf einmal rauscht der Bach nicht mehr einfach, vielmehr gluckst und murmelt er, klappert und rattert, plaudert und blubbert, plätschert und tost. Wo er senkrecht einen Felsen hinunterstürzt, sind die Klänge des Baches ungestüm und laut, und dort, wo er ein paar Meter lang eben dahinfliesst, hört man nur ein winziges Wispern.

Manche Töne sind hoch und beinahe schon schrill, andere brummen im beruhigenden Bass. Wenn man eine Weile genau hinhört, merkt man, dass diese Klänge keineswegs einförmig oder stabil oder gar monoton sind, vielmehr verändern sie sich immer wieder subtil, weil das Wasser nie genau dieselben Fliessmuster bildet. In diesen Veränderungen von Tonhöhen und Lautfarben, von Intensität und Lautstärke scheinen Muster, scheint eine Ordnung zu stecken, doch diese Muster sind nicht gleichförmig, sondern verändern sich stets nach der Art chaotischer Ordnungen.

Diese, so wusste Hans zu berichten, dessen historische Interessen auch die neuere Wissenschaftsgeschichte einschlossen, gebe es sehr wohl. Chaotische Muster seien eine Art Zwischenwelt zwischen den uns bekannten stabilen Mustern, zum Beispiel in unserer üblichen euklidischen Geometrie und dem nackten Zufall. Diese Zwischenwelt sei nach seiner Auffassung bedeutend grösser und wichtiger als die beiden Welten am Rand.

Bevor die Männer sich in eine theoretische Diskussion über Chaostheorie verstricken konnten, rettete Agatha die Situation mit der Bemerkung, über eben diese Zwischenwelt habe uns der Bach gerade auf seine Weise alles Wissenswerte erzählt.

Die Botschaft kam an, und so konnten wir uns auf die Durchführung unseres Tests vorbereiten.

Ich schnitt mit einem grossen Messer möglichst gleichmässige Stücke vom mitgebrachten Viertellaib Appenzeller Secret und verteilte diese unter allen Anwesenden. Dazu gab es Appenzeller Mineralwasser, sonst nichts. Alle wussten aus der Vorbesprechung, dass es etwa eine Stunde dauern würde, bis wir eine allfällige Wirkung spüren würden, und assen jetzt schweigend und ruhig unseren Käse. Auf die Bildung eines sitzenden Kreises hatten wir bewusst verzichtet, jede und jeder sollte die Erfahrung auf eigene Weise machen.

Hätte uns jemand während dieser Stunde beobachtet, so hätte er sieben Menschen gesehen, die in unterschiedlicher Entfernung vom Wasser sassen oder lagen. Einige davon, darunter auch ich, standen zwischenzeitlich auf und gingen ein paar Schritte abseits, um die anderen nicht zu stören. Das einzig Auffällige war, dass während dieser Zeit kein Wort gesprochen wurde – auch das hatten wir vorher so ausgemacht.

Nach etwa einer Stunde hörten die Bewegungen auf. Alle sassen oder lagen jetzt, um sich während der angekündigten halben Stunde Wirkungszeit möglichst ungestört selbst beobachten und spüren zu können. Danach kamen alle zusammen und setzten sich im Kreis, wie wir es vorbesprochen hatten.

An diese Absprache erinnerte uns nach Ablauf der eineinhalb Stunden, als die ersten losreden wollten, auch Peter. Er als Sozialwissenschaftler und grosser Statistik-Fan, «auch aus Zahlen kann man Leben lesen», pflegte er zu sagen, hatte darauf bestanden, dass wir unsere ersten Eindrücke in einem standardisierten Fragebogen äussern sollten. Solche standardisierten Messinstrumente würden einerseits die Realität brutal beschneiden, seien aber andererseits die einzige Möglichkeit, subjektives Erleben miteinander zu vergleichen und so zu Erkenntnissen zu kommen. Wir hatten uns breitschlagen lassen, um unserem Experiment für alle Fälle auch schon mal die höheren wissenschaftlichen Weihen zu verleihen, und so füllten wir zunächst brav unsere Fragebogen aus, die Peter in seinem Rucksack samt dazugehöriger Bleistifte mitgeschleppt hatte.

Die Grenzen der statistischen Methoden zeigten sich, als während und nach dem Fragebogenausfüllen einer nach dem anderen sich in die Büsche schlug, um einem dringenden Bedürfnis nachzugeben. Auf die Idee, bei der Frage nach allfälligen Nebenwirkungen die Antwort «Harndrang» vorzusehen, war Peter nicht gekommen, und wie sich herausstellte, hatten wir zwar alle diese Nebenwirkung von Appenzeller Secret verspürt, sie jedoch als persönliches Problem betrachtet und deshalb nicht als Nebenwirkung angeführt. Erst durch offenkundige Beobachtungsergebnisse hatten wir festgestellt, dass Harndrang eine allgemeine Nebenwirkung war, was wir allerdings schnell als vielleicht lästiges, aber keineswegs gravierendes Problemchen identifizierten.

Verglichen mit der Hauptwirkung war das ein Klacks. Reihum nämlich berichteten jetzt alle von einer ausgesprochen positiven Erfahrung. Agatha brachte es auf den Punkt. Das Erlebnis erinnere sie an das, was Hermann Hesse in seinem «Glasperlenspiel» als die Erfahrung des Erwachens bezeichnet habe. Damit sei nicht das normale Erwachen gemeint, sondern eines auf einer höheren Ebene. Sie jedenfalls habe die volle Klarheit und Frische eines solchen Momentes erlebt.

Peter fand vor allem das Bild einer höheren Ebene passend, denn der Blick von oben, den er innerlich erlebt habe, verändere eben doch alles: Wenn man eine Landschaft, oder auch eine Stadt, von oben betrachtet, wird aus dem, was man bisher nur als isolierte Einzelteile gesehen hat, plötzlich ein sinnvolles Ganzes. Man sieht, wie die Einzelteile miteinander verbunden sind und welche Muster sie zusammen bilden. So sei es ihm sowohl bei der Betrachtung einiger wissenschaftlicher Themen, mit denen er sich gerade beschäftige, gegangen als auch bei der Betrachtung seines Lebens.

Von einem tiefen Grundgefühl von Versöhnung erzählte Gertrud, sowohl dem Leben oder Schicksal als auch sich selbst gegenüber. Dabei sei kein bisschen Zuckerwattegefühl dabei gewesen, vielmehr habe alles glasklar gewirkt. Wenn schon Hesse zitiert werden solle, denke sie an jene Erkenntnis am Schluss des «Steppenwolf», wo der Held erkennt, dass jemand, der sich dem Leben öffnet, dabei unweigerlich Schuld auf sich nimmt, worauf es nur eine Antwort gibt, ein glockenhelles göttliches Lachen der Versöhnung.

Für die Erreichung dieses Ziels als sehr nützlich, fügte ich selbst bei, hätte ich während dieser halben Stunde das Erlebnis von Zeit empfunden. Tatsächlich war mir die ganze halbe Stunde die enge Verbundenheit von Vergangenheit, Gegenwart und Zukunft bewusst gewesen – und zugleich deren unterschiedliche Bestimmung. Diese hatte ein guter Freund mal so formuliert: Die Vergangenheit sollen wir akzeptieren, die Gegenwart erleben und die Zukunft gestalten. Und genau das, was so viel schwieriger ist, als es klingt, war mir in dieser halben Stunde anstrengungslos gelungen.

Hans schilderte seinen Haupteindruck als jenen einer wunderbaren geistigen und seelischen Weite, in der alles, was ihn beschäftige, Platz hatte, mit all seinen Widersprüchen und Unvereinbarkeiten. Zugleich habe er ein untrügliches, auf einem tiefen Selbstvertrauen basierendes Gefühl dafür gehabt, was ihm in dieser Vielfalt wirklich wichtig und wertvoll sei und was er getrost vernachlässigen könne.

Verbundenheit sei ihr vorherrschender Eindruck gewesen, erzählte Helen. Verbundenheit mit den Elementen Erde, Luft, Feuer und Wasser, Verbundenheit mit der belebten Natur um uns herum, Verbundenheit mit uns und mit anderen Menschen, Verbundenheit aber auch mit so etwas wie höheren Kräften, ohne dass sie die benennen könnte. Aus alledem sei ein tiefes Gefühl von Dankbarkeit erwachsen für all das, was sie sich im Leben selbst erarbeitet und erkämpft hatte, und zugleich für all das, was ihr im Leben geschenkt worden sei.

Nach diesem Austausch der ersten Eindrücke wurde ich gefragt, ob ich denn die Wirkung jetzt anders erlebt hätte als beim ersten Mal. Ich gab zu, ich hätte Appenzeller Secret jetzt das vierte oder fünfte Mal probiert, und jedes Mal sei tatsächlich das Erlebnis des Erwachens frisch und unverbraucht gewesen. Zudem hätte ich im Verlauf dieser Erfahrungen all das auch erlebt, was die anderen jetzt geschildert hätten. Sicher gebe es da individuelle Unterschiede, und manches hätte ich anders benannt. Im Grossen und Ganzen umfasse die Wirkung nach meiner Einschätzung wirklich das ganze von uns berichtete Spektrum, und das liesse sich für mich immer noch am besten mit dem schönen Wort Seelenfrieden beschreiben.

Ob ich denn ein Verlangen gespürt hätte, die Erfahrung möglichst rasch zu wiederholen, wurde ich gefragt, was ich verneinte. Ein gewisser Termindruck hätte zwangsläufig erfordert, die Selbstversuche in relativ rascher Abfolge zu machen, doch gebraucht hätte ich das nicht, die Wirkung habe jeweils angehalten, und ich schätzte mal, dass zwar von Zeit zu Zeit eine Auffrischung sicher nützlich wäre, dass es aber auf jeden Fall genügen würde, sich einmal in jeder Jahreszeit diese halbe Stunde zu gönnen.

Daraus entspann sich eine lebhafte Diskussion über den Zusammenhang zwischen einer Erfahrung, wie wir sie gerade gemacht hatten, und dem Alltagsleben. Zu dieser Erfahrung gehörte, wie wir übereinstimmend feststellten, die Erkenntnis, dass es uns selbst und unserer Umwelt wesentlich besser ginge, wenn wir uns ständig in diesem begnadeten hoch spirituellen Zustand befänden. Und natürlich auch die Erkenntnis, dass das uns Sterblichen nie vergönnt sein würde.

Gertrud bestätigte, dass die Hoffnung, man könne, indem man ständig Appenzeller Secret ässe, dauernd in diesem Bewusstseinszustand verharren, illusorisch sei: Auf Dauerreize reagiert die Gehirnchemie damit, dass sie die Reizschwelle bis zur Unendlichkeit erhöht, was dazu führt, dass auch eine erhöhte Dosis keine Wirkung mehr zeitigt.

Deswegen müsse die Funktion der Moleküle, die unseren Spirit für die eine halbe Stunde so deutlich verändert und verbessert hatte, eine andere sein. Das Ganze funktioniere, wie man mittlerweile ziemlich klar wisse, auch umgekehrt: Unser Spirit kann unsere Gehirnchemie verändern. Das heisst, wir können auch mit Leistungen unseres Geistes und unserer Seele jenen Bewusstseinszustand erleben, den wir gerade erfahren haben.

Um diese Leistungen zu erbringen, braucht es einen überzeugenden Anreiz. Dabei hilft mehr als jede noch so ausgeklügelte Theorie die eigene Erfahrung, dass dieser Zustand möglich ist und existiert. Appenzeller Secret lässt uns für eine halbe Stunde in diese Räume eintreten, und wenn die Türen wieder verschlossen und wir draussen sind, wissen wir jetzt, dass diese Räume existieren, gar nicht weit von uns, sodass wir jederzeit dahin gelangen können.

So philosophierten wir am Ufer des Baches, der von unseren geistigen Höhenflügen unbeeindruckt sein ewiges Lied weitersang, ein Weilchen vor uns hin, bis Helen meinte, nun müsse das gelungene Werk aber doch gebührend gefeiert werden. Aus ihrem Rucksack zauberte sie sieben Plastikbecher, die sie mit dem Inhalt einer Champagnerflasche füllte, welche sie vorsorglich im Bach an einer ruhigen und tiefen Stelle gekühlt hatte.

Als ich mich das zweite Mal in die Büsche schlug, um einem menschlichen Bedürfnis nachzugeben, stolzierte in keinen zwei Metern Entfernung eine schwarze Katze auf samtenen Pfoten vorbei, blieb stehen und blickte mir eine geraume Weile tief in die Augen, wobei die durch das Blätterdach tanzenden Sonnenkringel ihre eigenen Augen unergründlich grün wirken liessen, und entfernte sich dann offenkundig völlig unbeeindruckt von unserer weltbewegenden Entdeckung in die Tiefen des Waldes.

Aus einem angeborenen Widerwillen dagegen, das zu glauben, was alle glauben, habe ich eines Tages beschlossen, schwarze Katzen grundsätzlich als Glückssymbol zu sehen. Und das hatte sich wieder einmal als richtig erwiesen.

«Dann geht es also in diesem Fall nicht um die Herstellung von Appenzeller Käse, sondern um dessen Wirkung», stellte Adelina scharfsichtig fest, «und deshalb macht auch diese Drohung Sinn.» Sie hatte immer wieder auf den Ausdruck des Screenshots gestarrt und offenbar ihre Schlüsse gezogen.

Ich setzte mich neben sie auf die Couch, damit wir das Bild gemeinsam betrachten konnten. Die Bedeutung des Lösungsworts im Kreuzworträtsel sei ja wohl klar, hub sie an, nach allem, was sie gerade gehört habe, könne es nur um das Projekt «Soma» gehen. Der Hinweis auf der anderen Seite der dicken Grenzlinie sei für sie weniger klar. Immerhin gebe er für sie eine Richtung vor. Laut las sie die Meldung noch einmal vor: «Die Deutsche Gesellschaft für Ernährung schätzt, dass bereits 2015 die Hälfte unserer Nahrungsmittel ‹Functional Food› sein wird – also Produkte, die uns versprechen, wir würden durch den Konsum schöner, gesünder oder leistungsfähiger.»

Diese Schätzung hielte ich für deutlich übertrieben, teilte ich Adelina mit, doch sie schalt mich einen Korinthenkacker. Es käme doch hier nicht auf die Details an, sondern auf das Grosse und Ganze, und worauf es eben ankäme sei, dass es um sehr viel Geld gehe. Und damit auch um sehr viel Macht. Natürlich würden die Nahrungs-Multis liebend gern industriell gefertigte Lebensmittel verkaufen, die nicht nur schöner, gesünder und leistungsfähiger machen, sondern auch glücklicher. Angesichts der verzweifelten Glückssuche vieler Menschen wäre das ein Bombengeschäft.

Ich musste ihr recht geben. Die grossen Nahrungsmittel-Konzerne waren natürlich seit Jahren daran, in diesem Bereich ihre neuen Claims abzustecken. Dazu gehörte ebenso, das eigene Territorium gegen Eindringlinge zu verteidigen. Bei den Gewinnaussichten, um die es da ging, lag es nahe, dass für diese Verteidigung so ziemlich zu allen Mitteln gegriffen würde. War das der gesuchte Hinweis auf den Absender der Drohung?

Das habe sie mit genereller Richtung gemeint, entgegnete Adelina, denn konkretere Hinweise enthielte die Meldung ja nicht. Wichtiger sei es im Moment zu überlegen, was denn der Absender der Drohung eigentlich bezwecke, das heisst, was er von mir wolle. Ihr erster Gedanke sei gewesen, es ginge wieder um ein Geheimrezept. Ein solches sei ja tatsächlich im Spiel, nämlich die Abwandlung des Alpenbitters zu «Soma».

Ich dachte eine Weile nach, bis mich Adelina bat, sie an meinen Gedanken teilhaben zu lassen. Überlegt hatte ich mir, was es einem Nahrungs-Multi nützen würde, dieses Geheimrezept zu kennen, und war zum Schluss gekommen: nicht viel. Wie ich Adelina erst jetzt erzählte, hatte es Versuche gegeben, anderen Käse als Appenzeller Käse in einem anderen Reifungsstadium mit «Soma» einzureiben, um dieselbe Wirkung wie beim Appenzeller Secret zu erzielen. Doch es hatte sich schnell gezeigt, dass der fragliche Käser, ob durch Zufall oder Genialität sei dahingestellt, die einzig mögliche Produktionsweise gefunden hatte, nämlich die erwähnte Einreibung während der letzten sieben Wochen der Reifung eines voll ausgereiften Appenzellers. Selbst wenn also jemand «Soma» zur Verfügung hätte, bräuchte er das Geheimrezept der Kräutersulz, und das ist bekanntlich besser geschützt als Fort Knox.

Und zweitens, fuhr ich fort, selbst wenn wir mal annähmen, der geheimnisvolle unbekannte Multi hätte auch dieses Rezept, würde ihm das nicht viel nützen, denn Appenzeller Käse ist eine geschützte Marke. Wenn der Multi das Ganze einfach aufkaufen würde, könnte er die Menge wegen des begrenzten Produktionsgebiets nicht wesentlich erhöhen. Der ganze Umsatz von Appenzeller Käse jedoch ist für einen Nahrungs-Multi ein Klacks, der kaum zur Gewinnsteigerung beitragen könnte.

Adelina fand meine Argumentationskette schlüssig. Es sei tatsächlich kaum vorstellbar, dass ein solcher Konzern ein Interesse daran haben könnte, an das Geheimrezept von «Soma» zu kommen, um damit selber Appenzeller Secret zu produzieren. Es müsse also eine andere Absicht hinter der Drohung stecken. Ihr käme dabei in den Sinn, dass es immer wieder Gerüchte gebe, wonach grosse Konzerne ordentliche Summen an potenzielle Konkurrenten zahlten, damit diese ihre Erfindung oder Entwicklung gar nicht erst auf den Markt bringen.

Ja, musste ich zugestehen, in diese Richtung könnte es gehen. Wenn der Appenzeller Secret tatsächlich auf den Markt käme, sinnierte ich laut vor mich hin, dann wäre das für die künftigen Anbieter von Glücks-Tomatensauce und ähnlichen Stimmungsaufhellern aus der Dose oder Tüte eine ordentliche Blamage. Nicht, weil ihnen das gross Marktanteile wegknabbern würde. Schon die schiere Tatsache, dass ein vollständig natürliches Lebens- und Genussmittel Seelenfrieden schenkt und damit als «Functional Food» genau so gut oder besser taugt als industriell gefertigte und mit künstlichen Zusätzen aufgepeppte Massenware – und das vermutlich erst noch deutlich preisgünstiger –, wäre für die Nahrungsmittelindustrie ein Stachel im Fleisch.

Appenzeller Secret würde dafür stehen, dass es auch anders geht. Einfacher. Natürlicher. Nachhaltiger. Gesünder. Günstiger. Das würde auf der anderen Seite das Bild in den Köpfen der Konsumenten von künstlichem Functional Food abwerten, der Imageschaden wäre beträchtlich, was die langfristigen Gewinnaussichten durchaus schmälern könnte. So gesehen müsste die andere Seite tatsächlich ein vitales Interesse daran haben, dass das Projekt «Soma» nie realisiert wird.

Ferner sei davon auszugehen, dass ein solcher Gegner über einen sehr guten Informationsdienst verfüge. Er würde also wissen, dass die Appenzeller sture Dickschädel sind, die sich auch mit einer noch so hohen Summe niemals das Recht abkaufen lassen würden, den Käse herzustellen und zu verkaufen, den sie wollten, und sei es ein Appenzeller, der Seelenfrieden bringt. Nein, gerade diese Mischung aus Dienst an der Menschheit und gesundem Erwerbsstreben würde die Appenzeller mit Bestimmtheit am Plan festhalten lassen, Appenzeller Secret auf den Markt zu bringen und daran gut zu verdienen. Plan A, den potenziellen Konkurrenten zu kaufen, sei also zum vornherein zum Scheitern verurteilt gewesen, weshalb Plan B, der mit der massiven Drohung, wohl vorgezogen worden sei.

Das leuchtete auch Adelina ein. Absicht der Drohung war es, das Projekt zu stoppen. Nur die Vorstellung, der Absender stamme aus der Nahrungsmittelindustrie, irritiere sie noch, sagte sie grübelnd. Dieser Industriezweig stünde schliesslich unter besonders kritischer Beobachtung durch Kunden und Öffentlichkeit, da sei jeder Skandal sehr gefährlich. Sie glaube durchaus daran, dass man in diesen Kreisen ein Projekt wie «Soma» gerne verschwinden lassen würde, doch sie bezweifle, dass diese Kreise zu einem so drastischen Mittel wie Mord greifen würden. Wem aber käme eine solche Marktbereinigung sonst noch zugute?

Erst als wir wieder einen Schluck getrunken und einen Zug aus der Pfeife genommen hatten, kamen wir darauf: Die Pharmaindustrie. Natürlich, jemand musste das Zeug produzieren und liefern, mit dem die Nahrungsmittel mit den zusätzlichen Heilsversprechen «angereichert» wurden, und dieser Jemand war die Pharmaindustrie. Auch ihr winken zweifellos riesige Gewinne, wenn sich der Markt für industriell gefertigtes «Functional Food» ausweitet.

Der Pharmaindustrie trauten wir es eher zu, ihre Interessen notfalls auch mit einem Mord zu verteidigen. Natürlich so, dass nie etwas nachzuweisen sein würde. Und selbst wenn ein Schatten auf sie fiele, so wäre sie davon weniger betroffen. Die meisten Menschen rechnen im stillen Kämmerlein eben doch mit der Möglichkeit, ein Pülverchen aus deren Labors könnte mal ihr Leben oder doch wenigstens ihre Gesundheit retten, und deshalb schauen sie bei der Pharmaindustrie weniger genau hin als etwa bei der Nahrungsmittelindustrie. Und so ist die Pharmabranche wesentlich resistenter gegen Skandale als andere.

Adelina fiel noch ein weiteres Argument ein: Wer hätte den leichteren Zugang zu einem nicht nachweisbaren Gift als eine Pharmafirma?

Das war zwar jetzt geklärt, half uns jedoch nicht sehr viel weiter. Wir hatten immer noch keine Ahnung, wer konkret der Absender der Drohung war. Geschweige denn, wie es jetzt weitergehen sollte.

Uns brummte beiden der Schädel, weshalb wir beschlossen, eine Pause einzulegen. Das behagte auch Grizzly, der sich wegen unserer für sensible Katzen offenkundigen Unruhe und Aufgeregtheit bisher abseitsgehalten hatte und jetzt die Aussicht auf ein gemütliches Nickerchen in einem Schoss witterte. Er wählte natürlich wieder jenen von Adelina, und auf dem Weg dahin warf er ein Buch um. Es war die Dorfchronik von Wald, in der ich die ersten Hinweise auf Grenzziehungen gefunden hatte.

Adelina hob das Buch auf, öffnete es an der Stelle über den Leichenfund in der Chotzeren, die ich mit einem Buchzeichen markiert hatte, und blätterte von dort aus ein wenig vor- und rückwärts. Da sei von einem Sutterhandel die Rede, im Zusammenhang mit Grenzkonflikten zwischen Inner- und Ausserrhoden. Was es damit genau auf sich habe. Dann schalt sie sich selbst eine Närrin, hob Grizzly, der sich das nach einem mürrischen Miau gefallen liess, auf meinen Schoss, eilte zum Computer und kam nach kurzer Zeit mit einem Ausdruck zurück, den sie mir dann vorlas, sehr zu meinem Entzücken, ihrer Stimme wegen natürlich, nicht des Inhalts:

«Der Sutterhandel (1775–1784)

Aufklärung und gesellschaftlicher Wandel am Ende des Ancien Régime

Der Sutterhandel, eine der wichtigsten Begebenheiten der Innerrhoder Geschichte, zeigt in exemplarischer Weise das Einsetzen eines – wenn auch zaghaften – gesellschaftlichen Wandels im Zeitalter der Aufklärung. Anton Joseph Sutter (1720–1784) wuchs auf einem Bauerngut im Lehn bei Appenzell auf. Um 1753 zog er mit seiner Familie ins Gontenbad, wo er als Badmeister und Wirt wirkte. Dank seines leutseligen Wesens erwarb er sich bald einen grossen Freundeskreis. 1760 wählte ihn die Landsgemeinde überraschend zum

Vogt in der Landvogtei Rheintal. Da Sutter bei der Wahl in dieses lukrative Amt mehrere altgediente Amtsleute ausstach, machte er sich als sozialer Aufsteiger viele Neider und Feinde.

Nach seiner Rückkehr aus dem Rheintal wurde Sutter 1762 zum Landammann gewählt, ein Amt, das er bis 1775 ausübte. In dieser Zeit geriet er zunehmend in Konflikt mit der eingesessenen Führungsschicht, die nur darauf wartete, die Laufbahn des Emporkömmlings zu beenden. Gelegenheit dazu ergab sich, als Sutter um 1767 auf den Gedanken kam, die hintere Alp Sämtis, welche dem Hof Oberriet gehörte, in den Besitz Innerrhodens zu überführen und sich bei dieser Gelegenheit selber zu bereichern. Trotz des gut dotierten Amtes als Landvogt litt er nämlich unter finanziellen Problemen. Aus einfachen Verhältnissen stammend, hatte er für einen standesgemässen Auftritt grosse Geldsummen ausgeben müssen. Arglistig liess man ihn zunächst bei seinem unlauteren Vorgehen gewähren. Nachdem die bedrängten Oberrieter von den eidgenössischen Orten jedoch einen Richtspruch erlangt hatten, der zu ihren Gunsten ausfiel, wurde Sutter fallen gelassen. Entgegen herkömmlichem Landrecht enthob ihn der Landrat 1775 mit sofortiger Wirkung von seinem Amt als Landammann. Als er sich darauf für einige Zeit auf Wallfahrt nach Einsiedeln begab, interpretierte der Landrat die Landesabwesenheit als Eingeständnis landesverräterischer Umtriebe und verurteilte ihn zu hundertundeins Jahren Verbannung aus der Eidgenossenschaft. Aufgrund dieser Vorfälle übersiedelte Sutter zunächst ins Thurgau, dann nach Süddeutschland.

1783 brachte die Obrigkeit Sutters Schwager Baptist Räss durch harte Haft und Verhöre dazu, ihn durch Falschaussagen noch stärker als Verräter zu belasten. 1784 wurde Sutter durch falsche Zusagen ins Appenzellerland gelockt und verhaftet. Obwohl er auch unter Folter seine Unschuld beteuerte, verurteilte ihn der Landrat zum Tode. Das Urteil wurde im selben Jahr unter Ausschluss der Öffentlichkeit vollstreckt. Hundert Soldaten hatten mit aufgepflanzten Bajonetten dafür zu sorgen, dass niemand den Strafvollzug störte. Damit war Sutter zwar beseitigt, der Fall mottete in der Bevölkerung aber noch jahrelang weiter. Erst 1829, nach mehreren politischen Umstürzen, wurden Sutter und seine Anhänger offiziell vom Vorwurf des Landesverrats entlastet und rehabilitiert.»

Da fiel mir wieder ein, dass jemand aus Wald in diesem Handel eine zumindest umstrittene Rolle gespielt hatte. Rasch fand ich in der Dorfchronik die entsprechenden Passagen, die ich nun Adelina vorlas:

«Am 7. Februar 1784 wurde Wald zum Ort eines dramatischen Geschehens, bei dem Hauptmann Mathias Buff-Keller eine unrühmliche Rolle spielte. Der von der Innerrhoder Regierung gesuchte ehemalige Landammann Joseph Anton Sutter wurde nach Wald gelockt und später auf Oberegger Gebiet gefangen genommen. Im Jahre 1760 war der ...»

Die folgenden Zeilen übersprang ich, weil sie die gerade gehörte Geschichte wiederholten. Dann wurde es interessant:

«Ein Strafgericht erklärte den ausser Landes Geflüchteten zum Rebell. Man setzte hundertfünfzig Gulden auf seinen Kopf, und jeder Landmann war beim Eide verpflichtet, den Flüchtling zu ergreifen und der Gerechtigkeit zuzuführen. In rechtlicher Hinsicht waren alle Mitstände verpflichtet, den Flüchtigen aufzugreifen. Doch die Ausserrhoder Obrigkeit drückte beide Augen zu, obwohl der nach Konstanz verbannte Politiker sich oft in Speicher, am Wohnort des Landammannes, aufhielt. So wird berichtet: ‹In der letzten Woche des Jenners 1784 unterhielt er mit lustigen Schwänken eine zahlreiche Gesellschaft beim ehemaligen Adler (Speicher), und seine muntere Laune in solchen Bedrängnissen erregte Verwunderung und Mitleiden.› Landammann Zuberbühler liess den Adlerwirt lediglich ermahnen, den Mann weg zu weisen, gleichzeitig aber beteuerte er gegenüber Appenzell, alles zu tun, um dieses Flüchtlings habhaft zu werden. Diese Haltung zeigt den Zwiespalt, in dem sich die Ausserrhoder Regierung befand. Einerseits hegte man Sympathien für Sutter, das Opfer eines Komplotts, anderseits durfte man diesen Rebellen nicht offen unterstützen, um die eigene Autorität nicht zu untergraben. Der Chronist Gabriel Rüsch schildert das weitere Geschehen wie folgt:

‹Endlich hatte seine Stunde geschlagen, zwei schwarze Verräter hatten sich gefunden und zu seiner Einlieferung gedungen. Mathias Buff, Kronenwirt und Gemeindshauptmann in Wald, verbreitete das Gerücht, er hätte Sutter wichtige Entdeckungen zu machen, wenn er nur seinen Aufenthaltsort kennte. Hierauf wurde die noch lebende, ihre Leichtgläubigkeit schmerzlich bereuende Tochter Sutters verleitet, diesem nach Konstanz zu schreiben, dass er doch schleunig zu Buff kommen möchte, welcher ihm wieder zu seinen Rechten verhelfen würde. Unbesorgt und guter Dinge ging der Getäuschte am 7. Februar 1784 über Trogen, wo er beim Löwen einkehrte, nach Wald zu seinem Verräter. Dieser bemerkte ihm mit süssen Worten, es sei jetzt der schicklichste Augenblick, sich wieder in Appenzell niederzulassen, der Landammann Fässler sei gestorben, Geiger kindisch, Statthalter Broger durch einen Schlag untüchtig geworden und die Gemeinde Oberegg über die Regierung erzürnt. Er beredete ihn, ungesäumt mit ihm dahin zu kommen, wo man Massregeln getroffen habe, ihm zum Rechte zu verhelfen. Sutter nahm diesen Vorschlag bereitwillig an und begab sich zu Sonderegger, einem Vorsteher (Ratsherr von Oberegg), Maurer von Profession, der bei Buff in Arbeit gestanden und mit ihm den Judasstreich verabredet hatte. Hier wurde Sutter sogleich gefänglich eingezogen.›

Am 9. Februar führte man Sutter auf einen Schlitten gebunden über Altstätten nach Appenzell, und am 19. März 1784 wurde der während der Gefangenschaft gefolterte Mann zum Tode verurteilt. Nach der Rückkehr von der Richtstätte entlud sich der Zorn der Ausserrhoder gegen die Oberegger. Schlimm erging es dem Kronenwirt, der zum Verräter gestempelt wurde. Der Chronist berichtet:

‹Der Hauptmann Buff von Wald erhielt für seinen Judasstreich den verdienten Lohn, seine Gemeindsgenossen verlangten schon am ersten Sonntag nach dem Verrat eine Kirchhöri, um ihn seines Amtes zu entsetzen, indessen begnügten sie sich einstweilen mit der von Seite des Gemeinderates angeordneten Suspension, den Sonntag nach Sutters Hinrichtung aber wurde der Hauptmann einhellig lebenslänglich seiner Stelle entsetzt, sein sonst gut besuchtes Wirtshaus wurde gleichsam zur Einöde, er fand darin keine Sicherheit mehr, man schlug ihm die Fenster ein, ohne dass er sich deshalb beklagen durfte, sonst glücklich und wohlhabend, hatte er von Stund an keinen Segen mehr und starb arm und verachtet.›»

Grizzly war mittlerweile wieder zu Adelina hinübergewechselt und gab der Zufriedenheit mit seiner Platzwahl durch lautes Schnurren Ausdruck. Adelina und ich tauschten ein paar scherzhafte Bemerkungen darüber aus, was früher in diesem Kaff alles los gewesen sei. Dann wurde sie ernst und meinte, es sei schon ein seltsamer Zufall, dass gerade jetzt durch Grizzlys Hinweis auf die Dorfchronik die Geschichte um einen Verräter aufgetaucht sei. Ob ich mich eigentlich auch schon gefragt hätte, wie der Absender der Drohung auf mich als Adressaten gekommen sei?

Klar hatte ich. Ich hatte mir sogar schon den Kopf darüber zerbrochen. Zuerst hatte ich wieder an einen Einbruch in meinen Computer über das Internet gedacht, das war ja möglich, wie ich gerade wieder erlebt hatte. Nur war da nichts zu klauen, weil nichts zu finden. Unser «Geheimbund» war geheim – so viele Reste der ursprünglichen Idee mussten sein, und deshalb verkehrten wir untereinander von raren und gut getarnten Ausnahmen abgesehen auch nicht per Mail, sondern trafen unsere Verabredungen persönlich oder höchstens per Rundtelefon. Ein solches Ausnahme-Mail hatte es seit dem Test von Appenzeller Secret nicht mehr gegeben, weshalb die Polizei auf dem neuen Computer von Hans auch keinerlei Hinweise auf seine Zugehörigkeit zum namenlosen «Geheimbund» gefunden hatte.

Über diesen Test gab es schon gar nichts Digitales. Und seit den mit meinem letzten Fall verbundenen unliebsamen Erfahrungen waren die Sicherheitsmassnahmen meines anderen Geheimbunds, des Bewahrungskomitees, noch einmal deutlich verschärft worden. Vom Projekt «Soma» wussten nur die Mitglieder des Bewahrungskomitees, meine Testpersonen vom «Geheimbund» hatten keine Ahnung davon, wie der Appenzeller Secret hergestellt wurde.

Von der Existenz von «Soma» selbst wussten einige Angehörige der Firma von Herrn Ehrensberger, doch die wiederum hatten keine Ahnung davon, was bei der Käsereifung daraus geworden war. Oder doch? Hatte jemand bei Appenzeller Alpenbitter zunächst die falsche Flasche für den Käser und dann den falschen Laib für das Bewahrungskomitee bewusst eingeschmuggelt? Unwahrscheinlich, aber möglich. Doch selbst dann ergäbe es keinen Sinn, wenn jemand alles tut, um die Entstehung von Appenzeller Secret zu ermöglichen und zu fördern, und dann der Gegenseite die nötige Munition liefert, um das Projekt zu verhindern.

Adelina fasste zusammen, dass unser Gegner, wie sie ihn jetzt nannte, sein Wissen durch Datenklau beschafft haben könnte, sei weitgehend ausgeschlossen. Dass jemand aus dem Bewahrungskomitee gesungen habe, sei sehr unwahrscheinlich. Schliesslich winke durch das Projekt ja ein gutes Geschäft, was der Firma Gewinn und dem Komitee Reputation einbrächte. Gut, keine öffentliche, sie durften ja über ihre Rolle nicht plaudern, doch das stille Sonnen in der eigenen Bedeutung, sei es vor dem Spiegel oder in der geschlossenen Runde ihres Geheimbundes, sei ja doch auch schon einiges wert.

Abgesehen von der ebenfalls sehr unwahrscheinlichen Möglichkeit, dass ein Dritter, etwa bei der Alpenbitter-Firma, beteiligt sein könnte, bliebe also nur eine Erklärung: Jemand von den Testessern war der Maulwurf, der Judas, der Verräter, um die Begriffe aus der Dorfchronik aufzunehmen. Jemand also vom zweiten «Geheimbund».

Ich konnte ihrer Logik nichts entgegenhalten, und ich hätte auch nicht für jede und jeden die Hand ins Feuer gelegt, dazu kannte ich sie denn doch zu wenig gut. Es blieb nur ein kleiner, aber entscheidender Haken: Niemand von unserem

«Geheimbund» wusste etwas vom Projekt «Soma», unser Gegner aber schon. Niemand ausser mir natürlich.

Einen klitzekleinen Moment lang sah mich Adelina zweifelnd an, auch sie war offenbar zur selben logisch zwingenden Schlussfolgerung gekommen. Ihre Züge entspannten sich wieder, und sie meinte, mir würde sie einen solchen Verrat erstens nicht zutrauen und zweitens, falls doch, spräche doch sehr dagegen, dass ich ihr, Adelina, die ganze Geschichte erzählt hätte, wovor sich ein echter Verräter wohl gehütet hätte. Allerdings sei damit auch klar, dass ich mit meinem Wissen nicht zur Polizei gehen könne, denn die würden dieselben Folgerungen ziehen und mich womöglich gleich verhaften, was gar nicht in ihrem Sinne wäre. Sie hätte sich in der kurzen Zeit wieder sehr an mich gewöhnt.

Das nahm ich gerne zur Kenntnis, und sie hatte recht. Die Polizei wäre in diesem Falle keine Hilfe. Von woanders war solche auch nicht zu erwarten. Es blieb uns nichts anderes übrig, als den Fall selbst zu lösen. Oder auch nicht. Was die wesentlich wahrscheinlichere Variante war. Offen blieb, was ich mit der unverhohlenen Drohung anfangen sollte. Irgendwie war ich zu ausgelaugt, um darüber nachzudenken. Adelina spürte das und zitierte – Fan von «Vom Winde verweht» wie fast jede Frau – Scarlett O'Hara mit den unsterblichen Worten, morgen sei auch noch ein Tag. Oder so ähnlich.

An diesem Abend schlüpfte Adelina ganz selbstverständlich unter meine Decke, und diesmal blieb es nicht beim Kuscheln. Wir fuhren dort fort, wo wir vor einem halben Jahr auf der Hügelkuppe aufgehört hatten, und es war noch viel schöner als ich es in Erinnerung hatte.

Entsprechend schliefen wir am anderen Morgen bis in die Puppen. Draussen war es nicht nur kalt und nass, sondern auch noch stürmisch. Ich war froh, dass ich nicht mehr den Hügel runter bis zum Gemeinschaftsbriefkasten stapfen musste, um meine Post zu holen. Zum Glück war ich vor etwa vierzehn Tagen über ein neues Angebot der Post gestolpert, das so beschrieben wurde:

«Sobald Ihr elektronischer Briefkasten eingerichtet ist, scannen wir Ihre physischen Briefe ungeöffnet ein und schicken Ihnen ein E-Mail mit dem Bild des Briefumschlags. Sie entscheiden, ob wir den Brief öffnen und scannen, physisch zustellen, recyceln, schreddern oder archivieren sollen.»

Dieses Angebot namens Swiss Post Box sammelte also meine physischen Briefe auf Papier, schickte mir ein Bildchen davon, und ich konnte sagen, welche Briefe ich gern eingescannt und per Mail an mich geschickt hätte. Werbesendungen könnte ich so gleich ausscheiden, mit der Entsorgung hätte ich nichts mehr zu tun, und alles, was mir wichtig war, erschien sogleich und bequem auf meinem Bildschirm. Gut, parfümierte Briefe würden so nicht mehr duften, aber wer schickte mir schon parfümierte Briefe? So habe ich mich denn sofort angemeldet.

Bereits am übernächsten Tag kamen keine Briefe mehr in meinen physischen Briefkasten. Allerdings auch keine in meinen digitalen. Das machte mich etwas stutzig, und nach ein paar Tagen rief ich deswegen die Hotline an, wo mir eine durchaus freundliche Stimme erklärte, es handle sich eben wirklich um eine ganz neue Dienstleistung, da seien Kinderkrankheiten ziemlich wahrscheinlich, und ein paar solcher Probleme seien nun leider aufgetreten, was ihnen ganz furchtbar leidtäte, aber nicht zu ändern wäre. Zur Beruhigung könne sie mir aber mitteilen, dass kein physischer Brief verloren wäre, es würde nur leider noch etwas dauern, bis sie digital übermittelt werden könnten, ein paar Tage höchstens noch. Da ich nichts Dringendes erwartete, lehnte ich das Angebot ab, mir die Briefe physisch nachzusenden, und erklärte mich stattdessen murrend bereit, die paar Tage abzuwarten.

Ausgerechnet heute war es jetzt offenbar so weit. Ich hatte tatsächlich die Scans von etlichen Briefumschlägen, die an mich adressiert waren, auf meinem Bildschirm. Zudem das Angebot, zur Wiedergutmachung würden die von mir ausgewählten Briefe innerhalb einer Stunde geöffnet, eingescannt und übermittelt. Ich war begeistert ob des neuen Spielzeugs, und auch Adelina, die davon noch nie gehört hatte, blickte staunend über meine Schultern auf den Bildschirm.

Ich blätterte, noch unentschlossen, welche Briefe ich zuerst öffnen lassen sollte, durch den Stapel von Umschlägen. Viel Interessantes schien nicht dabei zu sein. Bis auf einen, mit einer mir unbekannten Handschrift adressiert. Vorne war kein Absender, doch man konnte die Umschläge virtuell drehen und so auch eine auf der Rückseite angebrachte Absenderadresse sehen. Tatsächlich stand dort eine, ziemlich klein und zunächst kaum lesbar. Adelina konnte sie schliesslich entziffern. Der Absender war Hans Bärlocher.

Beichte

Es dauerte nur eine knappe Viertelstunde, bis der Brief von Hans als Bilddatei übermittelt wurde, wobei «Brief» vielleicht nicht ganz das richtige Wort für einen handschriftlichen Erguss von rund zwanzig Seiten war. In der Zwischenzeit hatten wir auf das Aufgabedatum geachtet: Der Brief war am Tage vor seinem Tod auf dem Postamt Trogen abgestempelt worden. Also vor zwei Wochen, genau dann, als ich auf das digitale System umgestellt hatte. Es war somit einer Verkettung unglücklicher Umstände zuzuschreiben, dass der Brief so lange unterwegs gewesen war. Jetzt war er da, und wir machten uns nicht mal den Umstand, ihn auszudrucken, so neugierig waren wir. Die Handschrift von Hans war nicht immer einfach zu entziffern, doch gemeinsam schafften wir es schliesslich doch:

«Lieber Franz

Ich schreibe Dir diesen ‹Brief›, von dem ich fürchte, dass er eher eine längere Erzählung wird als ein normaler Brief, bewusst von Hand und werde ihn nachher der guten alten Schneckenpost anvertrauen, weil mir das im Moment der sicherste Weg scheint, Vertraulichkeit zu gewährleisten. Wobei Vertraulichkeit kein Wort ist, das ich derzeit guten Gewissens in den Mund beziehungsweise in die Feder nehmen darf. Denn, um es gleich vorwegzunehmen: Ich habe das Geheimnis von Appenzeller Secret verraten. Und damit vermutlich auch Dich in Gefahr gebracht.

Dafür kann ich von Dir kein Verzeihen erwarten, das ist mir klar. Ich kann höchstens auf ein wenig Verständnis hoffen. Und dazu ist es sicher am besten, wenn ich die ganze Geschichte meines Verrats erzähle.

Es begann am Tag nach unserer ‹Szene am Bach›, also nach unserem Test von Appenzeller Secret. Ich reiste an diesem Tag nach Basel, weil ich dort am nächsten Morgen einen frühen Termin hatte und deshalb schon am Vortag hinfuhr. Ein Hotelzimmer hatte ich reserviert, plante meine Reise aber so, dass ich früh genug ankam, um noch die Ausstellung im Antikenmuseum anschauen zu können. Du weisst schon, ‹Sex, Drugs und Leierspiel. Rausch und Ekstase in der Antike›, jene Ausstellung, die auch unser gemeinsames Buchprojekt über Appenzeller Räusche inspiriert hat.

Dort war ich gerade in den Anblick einer Vase vertieft, die ein Paar beim deftigen Liebesspiel zeigte, flankiert von zwei Trinkpokalen, von denen der eine mit Weintrauben, der andere mit Getreideähren geschmückt war, als plötzlich eine etwas verraucht klingende Frauenstimme sagte, bei den Ähren handle es sich vermutlich um Roggen, und das wiederum sei ein Hinweis auf Mutterkornpilze.

Erstaunt drehte ich den Kopf. Neben mir stand eine attraktive Frau, ein bisschen grösser als ich, mit wallendem blonden Haar, elegant im Business-Look gekleidet, so um die vierzig. Erstaunt war ich aus zwei Gründen. Zum einen kommt es selten vor, dass mich eine Frau anspricht, und von einer so attraktiven war das noch nie der Fall gewesen. Sie hatte offensichtlich mich gemeint, denn weit und breit war sonst niemand zu sehen. Zum anderen hatte ich vom Typ Geschäftsfrau, den sie eindeutig verkörperte, kein Wissen über die psychoaktiven Wirkungen von Mutterkornpilzen erwartet.

Davon hatte sie eindeutig mehr als eine Ahnung, wie sich in dem Gespräch schnell herausstellte, das sich jetzt entwickelte. Sie wusste, dass mit Mutterkornpilzen verunreinigter Roggen lange Zeit immer wieder für verheerende Massenvergiftungen gesorgt hatte, dass der Pilz aber auch die Wehen fördert, weshalb er in der Geburtshilfe eingesetzt wurde. An einem Mittel dafür arbeitete auch der Basler Chemiker Albert Hofmann bei der Firma Sandoz und synthetisierte 1938 aus Mutterkornabkömmlingen das erste Mal LSD. 1943, als rund um die versehrte Schweiz herum der Krieg tobte, kam er auf diesen Stoff zurück und entdeckte dessen halluzinogene Wirkung in unvorstellbar kleinen Dosierungen.

Zusammen mit dem Pilzforscher Wasson veröffentlichte Albert Hofmann später ein Buch, in dem die These aufgestellt wurde, an den Mysterien im antiken Griechenland sei Mutterkorn jenen Getränken beigefügt worden, die für die erwünschte Veränderung des Bewusstseins sorgen sollten. Antikes LSD sozusagen.

All dieses Wissen tauschten wir aus wie Pingpongbälle, wogen einander ab und stellten rasch fest, dass wir einander in Sachen geistiger Beweglichkeit ebenbürtig waren. Ich weiss nicht mehr, wer bald einmal vorschlug, das Gespräch im angenehmeren Rahmen fortzusetzen. Jedenfalls beschlossen wir, in die nahe ‹Kunsthalle› zu gehen, wo unsere Unterhaltung noch intensiver und dichter wurde.

In der Kunsthalle, liebevoll auch ‹Kunsthöhle› genannt, einer traditionsreichen Basler Institution, schien Claudia Kraft, wie sie sich mittlerweile vorgestellt hatte, bestens bekannt zu sein. Auf meinen erstaunten Blick hin erklärte sie, ja, sie sei oft mit Geschäftspartnern hier, sie sei Chefin eines privaten Forschungsinstituts, das sich auf Themen rund um das Gesundheitswesen spezialisiert habe und dabei natürlich eng mit der Pharmaindustrie zusammenarbeite. Solche Institute, fügte sie hinzu, gebe es in Basel als Sitz weltweit operierender Pharmakonzerne naturgemäss etliche.

Das erklärte natürlich einen wesentlichen Teil ihres Wissens. Psychopharmaka im weitesten Sinne sind ein Zukunftsmarkt, und da liegt es nahe, dass die Chefin eines einschlägigen Forschungsinstituts sich alles auf die Beobachtungsmonitore holt, was damit in irgendeinem Zusammenhang steht.

Doch da war noch mehr bei ihr. Da waren eine riesige Neugier auf alles Mögliche, ein breiter als bei den meisten Menschen gefachertes Interessenspektrum, eine Schnelligkeit des Denkens, eine Lust am geistigen Austausch, die mich zunehmend faszinierten. Ich hatte in Claudia, nach der ersten Flasche duzten wir uns, eine echte Seelenverwandte gefunden – dachte ich damals. Dazu noch eine, die mein Interesse für veränderte Bewusstseinszustände teilte.

Ich fand sie immer sympathischer, je länger unser Gespräch dauerte. Und es dauerte lang. Wir sprachen ausgiebig darüber, dass es kaum eine Kultur gegeben hat, die nicht veränderte Bewusstseinszustände, also das, was der Volksmund Rausch nennt, in hohen Ehren gehalten hätte, sei es als Gemeinschaftserlebnis, sei es zu Heilzwecken oder sei es als spirituelle Erfahrung. Und darüber, wie schwer sich unsere Gesellschaft mit Substanzen tut, die solche Zustände herbeiführen. Sie werden als ‹Drogen› verteufelt und verboten, und so wird das grosse Potenzial übersehen, das in ihnen steckt.

Claudia wies mich darauf hin, dass es grundsätzlich möglich sei, in dieser Sache seinen Geist zu öffnen, wie das Beispiel von Aldous Huxley zeige. Dieser habe in seinem berühmten Buch ‹Schöne neue Welt› den Begriff ‹Soma› als Namen für jene Chemikalie verwendet, welche in dieser negativen Utopie die Bevölkerung ruhigstellt. Nachdem er eine Weile mit psychoaktiven Substanzen experimentiert hatte, unter anderem auch mit LSD-Papst Timothy Leary, habe er deren Potenziale gesehen und daraus nicht nur seinen Erfahrungsbericht ‹Die Pforten der Wahrnehmung› gemacht, sondern auch einen utopischen Roman namens ‹Eiland›, in dem solche Substanzen eine wichtige Rolle bei der Bewusstseinsbildung der heranwachsenden Jugend spielen.

Dir, lieber Franz, brauche ich das alles ja nicht zu erklären, doch es gibt bekanntlich nicht viele Menschen, mit denen man in aller Offenheit über solche Themen reden kann. Deswegen war ich so fasziniert von Claudia. Dies steigerte sich noch, als wir herausfanden, dass wir in unserer Jugend beide ein ähnliches Interesse an jener Zeit entwickelt hatten, auf die der Titel der Ausstellung anspielt, die uns zusammengeführt hatte. Dieser Titel ist eine leichte Abwandlung eines Slogans, der in den späten sechziger und frühen siebziger Jahren eine wichtige Rolle gespielt hatte: Sex, Drugs and Rock 'n' Roll.

Damals waren wir beide gerade geboren worden, und vielleicht, so mutmassten wir, hat dieses Gefühl, etwas verpasst zu haben, unser Interesse daran noch gefördert. Jedenfalls bedauerten wir beide, dass diese Zeit, in der man Experimenten mit veränderten Bewusstseinszuständen gegenüber offener war und Rausch und Ekstase als mögliche Bereicherung des menschlichen Daseins verstanden hatte, vorbei war. Wenngleich ein Teil davon offenbar in uns weiterlebte, in Form eines ungebrochenen Interesses daran, ob und wie sich mit Hilfe chemischer Substanzen, ob natürlichen oder künstlichen Ursprungs, so etwas wie positive und erwünschte Veränderungen des menschlichen Bewusstseins herbeiführen lassen.

Zwischenrein hatte Claudia etwas zu essen und eine dritte Flasche Wein bestellt. Aus den Augenwinkeln heraus nahm ich wahr, dass sie dabei dem Kellner verschwörerisch zuzwinkerte, mass dem jedoch keine Bedeutung bei, zumal sie jetzt begann, mich mit geschickten Fragen zu meinem Projekt über Appenzeller Räusche aus der Reserve zu locken. Glücklich darüber, eine so gute Zuhörerin gefunden zu haben, begann ich darüber zu dozieren, warum das Appenzellerland ein guter Nährboden für Räusche, also für veränderte Bewusstseinszustände, ist. Das Silvesterchlausen ist ein gutes Beispiel dafür. Am Silvestertag verkleiden sich gestandene Männer, hüllen sich teils in Frauenkleider mit prächtigen Hutgebilden, teils aber auch in Fichtenzweige und wüste Masken, und ziehen so von Hof zu Hof. Unter der Maske, so erklären sie übereinstimmend, fühle man sich in eine andere Welt, in eine andere Identität, versetzt – klassischer Fall von Bewusstseinsveränderung.

Oder die innerrhodische Tradition des Gesundbetens. Das läuft zwar alles völlig im Verborgenen ab, doch weiss man, dass dabei bestimmte Sprüche, aber auch mannigfaltiges Räucherwerk eine wichtige Rolle spielen – klassischer Fall von Heilen durch Bewusstseinsveränderung.

Claudia lachte herzlich und verblüffte mich ein weiteres Mal mit ihrem Wissen. Sie ergänzte meine Ausführungen über das Silvesterchlausen mit dem Hinweis darauf, dass dieses zweimal stattfinde, nämlich einmal am gewohnten Silvestertermin vom 31. Dezember, aber auch ein zweites Mal am 13. Januar, dem sogenannten alten Silvester. Sie wusste, dass dies tatsächlich der Silvestertermin im alten julianischen Kalender gewesen war, der dann von Papst Gregor reformiert wurde. Da die streng reformierten Ausserrhödler sich von einem katholischen Papst nichts sagen lassen wollten, und schon gar in Sachen Kalender, hielten sie noch lange am alten System fest.

Auf meine Frage hin, woher sie so gut Bescheid wisse, schilderte mir Claudia ihre appenzellischen Wurzeln, die zwar schon lange Zeit zurücklägen, aber eben doch nie ganz gekappt worden seien.

Noch eine Verbindung also! Diese Entdeckung führte zusammen mit der jetzt schon deutlich spürbaren euphorisierenden Wirkung der dritten Flasche Wein dazu, dass ich mich in der kleinen Pause, die entstand, weil sie mal kurz für kleine Mädchen musste, ernsthaft fragte, ob ich dabei sei, mich in diese Zufallsbekanntschaft zu verlieben. Bevor ich mir selbst eine Antwort geben konnte, kam sie zurück.

Auch sie, gestand sie, sei schon ein bisschen beschwipst, doch fühle sich das sehr angenehm an, was ich nur bestätigen konnte. So kamen wir darauf, dass auch Alkohol ein guter Rauscherzeuger sein kann, der einzige notabene, der in unserer Kultur voll akzeptiert ist. Wir sprachen über die seltsame Schizophrenie einer Gesellschaft, welche die einen Substanzen akzeptiert und die anderen tabuisiert, ohne dass es erkennbare rationale Gründe für diese scharfe Trennungslinie gäbe.

Auch die Pharmaindustrie leide übrigens unter diesem Phänomen, teilte sie mir dann mit. Indem sie sich verschwörerisch zu mir herüberbeugte und ihre Stimme zu einem kaum noch vernehmbaren Raunen senkte, unterstrich sie, dass sie mir jetzt Vertrauliches sagen würde. Was mir, um ehrlich zu sein, natürlich schmeichelte.

Das Ganze lief darauf hinaus, dass die Pharmaindustrie längst an dem arbeite, was man etwas plump als Glückspille bezeichnen könnte. Dabei ginge es nicht wirklich um Glück, das sei bekanntlich ein philosophisch zu komplexes Phänomen, sondern einfach darum, bestimmte Gemütszustände wie Entspanntheit, Gelassenheit und Souveränität zu fördern. Man sei schon ziemlich weit, doch die Pharmaindustrie habe echte Angst vor der Markteinführung, weil man eine Verteufelung solcher Pillen als Psychodrogen fürchte. Und damit das Image eines staatlich anerkannten Drogenhändlers. Dabei sei offensichtlich, dass eine Welt, in der sich mehr entspannte, gelassene und souveräne Menschen bewegen, eine bessere sein müsse, ganz egal, auf welchem Weg sie zu ihrer Gemütsverfassung gekommen sind.

Damit rannte sie bei mir offene Türen ein. Du erinnerst Dich sicher an unsere Diskussionen über chemisch induzierte Weltverbesserung im Rahmen unseres ‹Geheimbunds›. Ich habe mich damals bewusst zurückgehalten, weil ich nicht wollte, dass ihr anderen seht, wie sehr mich das Thema angesprochen hat. Jetzt gestehe ich: Ja, ich glaube ernsthaft an diese Möglichkeit. Und ich sehe sogar trotz intensiver rationaler Auseinandersetzung keine bessere, weil einfachere und günstigere Möglichkeit, die Welt zu verbessern, als das Bewusstsein möglichst vieler Menschen mit ein bisschen künstlicher Unterstützung der Gehirnchemie zu verbessern. Alles andere hat sich als viel zu mühsam und langwierig erwiesen, und wir haben die Zeit nicht mehr abzuwarten, bis die Menschen ihr Bewusstsein mit Hilfe von Yoga oder Philosophie selbst optimiert haben.

Diese meine sonst weitgehend geheimen Überzeugungen offenbarte ich Claudia an jenem Abend. Sie hörte aufmerksam und empathisch zu und unterstützte meinen zunehmend feuriger werdenden Redefluss zusätzlich, indem sie fleissig nachschenkte. Im Nachhinein ist mir klar, was ihr Signal an den Kellner bedeutet hatte: Bring eine Flasche von jener raren Sorte, welche die Zunge mehr als andere lockert! Tatsächlich war die dritte Flasche eine andere Sorte. Das fiel mir damals nicht wirklich auf, zumal ich mich jetzt immer mehr in meine idealistische Vorstellungswelt hineinsteigerte, in der echte Glückspillen, wie ich sie nannte, einen wichtigen Beitrag zu einem gedeihlicheren Umgang der Menschen miteinander leisten würden.

An Claudia hatte ich im Verlaufe der wenigen Stunden, die wir uns kannten, schon so viele idealistische Seiten festgestellt, dass mir jetzt das Bekenntnis zu meinen gut verborgenen, aber heftig glühenden idealistischen und weltverbessererischen Seiten leichtfiel. Ich steigerte mich immer mehr in eine Euphorie hinein, die beflügelt wurde durch den Umstand, dass mir Claudia immer öfters bejahend zulächelte, dabei immer näher an mich heranrückte und mich dabei unbeschreiblich weibliche Düfte riechen liess.

Anders als sie, fuhr ich fort, glaubte ich allerdings weniger an den Weg der Pharmaindustrie. Meine Hoffnungen würden sich vielmehr dahingehend richten, dass es eines Tages natürliche Substanzen geben würde, die denselben oder noch besseren Effekt haben wie eine Glückspille.

Claudia flirtete jetzt offensichtlich mit mir und begehrte mehr zum Thema zu wissen. Und da geschah es. Ich vergass all meine Gelübde und erzählte ihr von unserem Experiment mit dem Käse, der Seelenfrieden schenkt. Das sei es, was ich ein Leben lang gesucht hätte, ganz und gar natürlich und authentisch und deshalb besser als die beste chemische Glückspille.

Erinnere Dich bitte daran, dass diese Erfahrung gerade mal einen Tag zurücklag. Ich muss gestehen, dass ich immer noch total erfüllt war davon. Wie Du Dich erinnern magst, habe ich mich auch da in der Besprechung der Wirkungserfahrungen zurückgehalten und mich zwar positiv, aber keineswegs euphorisch geäussert. Dabei war ich innerlich völlig aufgewühlt und überwältigt. Das war tatsächlich das, wonach ich ein Leben lang gesucht hatte. Bei meinem schwierigen Charakter waren und sind Gemütszustände, die sich als Seelenfrieden bezeichnen lassen, ein rares Gut und entsprechend kostbar. Jetzt hatte ich einen Weg entdeckt, diesen von mir so sehr herbeigesehnten Bewusstseinszustand ganz leicht und unbeschwert zu finden – einfach, indem ich ein Stück Käse ass.

Das alles hatte ich an jenem Abend in Basel noch keineswegs verdaut. Nur so ist meine Geschwätzigkeit zu erklären. Ja, dieser spezielle Wein war sicher nicht ganz unschuldig, und vor allem hatte ich mich mittlerweile so sehr in Claudia verknallt, dass ich vermutlich wirklich nicht mehr ganz zurechnungsfähig war. Das alles vermag nichts zu entschuldigen, vielleicht aber, wie ich hoffe, ein wenig zu erklären.

In jenem Moment war mir gar nicht bewusst, dass ich ein Geheimnis ausplauderte, und auch Claudia zeigte während meiner Erzählung keine andere Regung als ihre mir schon so lieb gewonnene grenzenlose Neugier. Sie flirtete immer ungenierter mit mir, und ich entdeckte beim Zurückflirten lange verschüttet geglaubte Fähigkeiten in mir wieder. Schliesslich fand sie, es sei ausreichend spät geworden, übernahm wie selbstverständlich die Rechnung und verabschiedete sich mit einem erotischen Wangenkuss ganz nah bei meinen Lippen, nicht ohne dass wir uns vorher für ein zweites Treffen verabredet hätten. Wir könnten uns doch in der Mitte treffen, also in Zürich, und da böte sich doch angesichts unserer Appenzeller Verbindungen das Appenzellerhaus geradezu an. Sie wolle die dortige Ausstellung mit Werken von Hans Krüsi ohnehin noch sehen. Dann verschwand sie mit einem umwerfenden Lächeln in die Nacht, und ich ging in mein Hotel.

Wie meistens in Hotels schlief ich schlecht. Erst da fiel mir auf, was ich angerichtet hatte. Ach was, eine so sympathische Frau wird schon nichts Krummes mit diesem Geheimnis anfangen, tröstete ich mich. Und als ich mich an ihren Abschiedskuss erinnerte, glaubte ich sogar daran.

Wahrscheinlich kennst Du Hans Krüsi, aber sicherheitshalber fasse ich noch mal zusammen: Er war ein ursprünglich aus dem Appenzellerland stammender Künstler, der sein Brot in Zürich zunächst mit dem Strassenverkauf von Blumen verdiente, ehe er merkte, dass sich seine oft auf Servietten und Ähnliches gemalten Bilder und sonstigen Kunstwerke besser verkauften als Blumen. So wurde er, der ungebildete Autodidakt, zu einer wichtigen Figur der Art Brut, die jetzt mit einer Gesamtausstellung gewürdigt wird. Das Appenzellerhaus in Zürich wollte ich sowieso schon lange mal besichtigen. Ich weiss noch nicht lange, dass es dies gibt. Ein Geschenk eines dort zu Wohlstand gekommenen Industriellen an seine alte Heimat.

Dort trafen Claudia und ich uns ein paar Tage nach unserer ersten Begegnung wieder. Der intellektuelle Austausch über Krüsi und seine Werke war sofort wieder so lebhaft wie beim ersten Mal, doch etwas war anders. Etwas vom Schmelz jener Basler Stunden fehlte. Wir gingen danach ins nahe gelegene Café Sprüngli am Paradeplatz, wo ich mich natürlich sofort nach Anzeichen dafür umschaute, ob die alte Legende, reiche reifere Damen würden sich hier ihre wesentlich jüngeren Liebhaber suchen, stimmte.

Das verging mir sehr schnell. Kaum hatte Claudia ihre heisse Schokolade bestellt, verfiel sie in einen total geschäftsmässigen Ton und teilte mir unverblümt mit, aus beruflichen Gründen brauche sie eine wichtige Information von mir. Nämlich den Namen jener Person, die den Appenzeller Secret zu jenem Testessen am Bach mitgebracht habe, von dem ich ihr so vorgeschwärmt hatte.

Ich weigerte mich, Deinen Namen herauszurücken. Zunächst. Dann berichtete mir Claudia, was sie mittlerweile alles über mich wusste. Zum Beispiel, dass ich heimlich, aber mit grosser Leidenschaft Online-Poker spiele. Und dabei vor Kurzem eine grössere Summe verloren habe. Einen Einsatz, den ich nicht selbst leisten konnte, sondern mir von einem angeblichen Spielkumpel geliehen hatte. Dieser Spielkumpel sei, sagte sie dann mit einer Eiseskälte, die mich frösteln liess, in Wirklichkeit eine Gruppe von Schuldeneintreibern, die für ihre rüden Methoden bekannt sei. Ob ich mir wirklich zutraue, ernsthafte körperliche Angriffe zu überstehen, nur um ein kleines Geheimnis zu bewahren?

Ich wusste, dass nicht. Ich bin alles andere als ein Held und habe vor aggressiven Angriffen panische Angst. Also habe ich ihr Deinen Namen genannt. Worauf sie versprach, in zwei Tagen sei mein Schuldenkonto ausgeglichen.

Nach diesem Deal herrschte frostiges Schweigen zwischen uns, ehe Claudia für mich völlig überraschend in Tränen ausbrach. Wir sassen zum Glück in einer so abgeschirmten Ecke, dass niemand diesen seltsamen Gefühlsausbruch einer coolen Geschäftsfrau mitbekam. Mir aber gestand sie unter langsam abebbendem Schluchzen, wie leid ihr das alles täte, dass sie zu solchen Methoden greifen müsse, aber der Druck, der auf ihr laste, sei enorm. Sie sei verantwortlich für etliche Arbeitsplätze und müsse deshalb im geschäftlichen Interesse manchmal Dinge tun, die sie eigentlich verabscheue. Sie käme sich manchmal vor wie der gute Mensch von Sezuan aus dem gleichnamigen Stück von Bert Brecht, jener Frau, die auch immer zwischen ihren Rollen als knallharte Geschäftsfrau und als sozial gesinnter Mensch hin- und herspringen müsse und sich deshalb innerlich zerreisse.

Dabei wäre sie mir gegenüber doch viel lieber Menschenfreundin. Sie fände mich sehr, sehr nett und spannend und wünsche sich sehnlich, dass wir wegen dieser dummen Geschichte nicht auseinandergerissen würden. Ob ich ihr noch mal verzeihen könne?

Einer Frau gegenüber, die mich unter Tränenschleiern mit einem um Verzeihung bittenden Lächeln anstrahlt, habe ich keine Chance. Und so war es auch diesmal. Ich war viel zu verliebt, um ihr ernsthaft böse sein zu können, zumal, als sie mir versicherte, ihr auf diese etwas dubiose Weise erworbenes Wissen würde niemandem schaden. Und ja, auch sie wolle mich wiedertreffen.

Als Zeichen ihres guten Willens bot sie mir an, das nächste Mal in meine Nähe zu kommen. Sie käme viel zu selten in den Alpstein, obwohl sie dort so gerne wandere. Ob wir nicht zusammen eine kleine Tour machen könnten? Unbegrenzt Zeit für lange Aufstiege habe sie nicht, aber so ein kleines bisschen Klettern, ohne Seil und so natürlich, und ein ordentlicher Gipfel zusammen mit mir, das wäre toll. Wir einigten uns dann darauf, mit der Schwebebahn auf den Säntis zu fahren und über den Lisengrat zum Altmannsattel abzusteigen, um von dort in leichter Kletterei auf den Altmann zu gelangen. Die spätherbstlichen Wetterprognosen waren gut, Schnee war auch so hoch oben bisher noch keiner liegen geblieben. Und so freute ich mich auf die Tour, die bald nach unserem Zürcher Treffen stattfinden sollte. Verstärkt wurde diese Vorfreude durch Claudias Ankündigung, sie wolle im besten Hotel für die Nacht nach der Tour ein Zimmer reservieren, und durch ihren Abschiedskuss, den sie diesmal direkt auf meinen Mund applizierte.

Damit könnte eigentlich diese Geschichte enden, Du weisst jetzt, dass der Appenzeller Secret nicht mehr ganz geheim ist, aber ich fürchte, das Entscheidende kommt erst noch ...»

Berg- und Talfahrt

Bevor Adelina und ich weiterlesen konnten, fiel der Strom aus. Draussen tobte mittlerweile einer jener heftigen Herbststürme, die schon mal einen nicht mehr ganz sattelfesten Baum fällen können, und wenn dieser auf eine der hier auf dem Land noch weit verbreiteten offenen Stromleitungen stürzt, kann das für ein paar Häuser schon mal einen vorübergehenden Stromausfall bedeuten. Ich konnte Adelina beruhigen, es würde sicher nicht lange gehen, bis die wackeren Mannen vom Reparaturdienst zur Stelle wären, aber eine oder zwei Stunden könne es schon dauern, bis wir wieder Strom für meinen grossen Computer hätten, auf den wir das Schreiben von Hans der besseren Lesbarkeit halber geladen hatten.

Die Wartezeit nutzten wir, um über das, was wir bisher erfahren hatten, zu reden. Adelina meinte schnippisch, das sei ja wieder typisch Mann! Den Beginn einer Liebesgeschichte erzählen und dann seitenweise mühsame Handschrift zu verschwenden, um über die Geschichte von irgendwelchen Substanzen zu belehren. Gut, sie sehe ja ein, dass es bei der ganzen Geschichte auch um einen Konflikt zwischen Mutter Natur und Vater Labor ginge, doch das sei noch kein Grund, darüber seitenlange Abhandlungen zu schreiben.

Zur Ehrenrettung von Hans argumentierte ich, das sei halt Ausdruck seiner Persönlichkeit. Ich hätte ihn nun mal als einen von innerem Feuer beseelten Aufklärer erlebt, der immer Licht ins Dunkle bringen wollte, gerade wenn es um tabuisierte Themen ging. Themen, die andere mit einem Schlagwort in einer Schublade versenkten, wollte er von allen Seiten beleuchten. Er sah es geradezu als seine Lebensaufgabe an, sein so erworbenes Wissen hinaus in die Welt zu tragen.

Adelina seufzte etwas von Männern und ihren Missionen, und ich musste ihr recht geben, dass man alles, auch eine aufklärerische Mission, übertreiben könne. Sie schien durch diese Erklärung noch nicht mit männlichen Missionen versöhnt und warf mir vor, auch ich hätte etwas von diesem absolut sinnlosen missionarischen Drang in mir. Überhaupt habe sie während des Lesens des Briefes von Hans einige Male das Gefühl gehabt, ich sei der Verfasser, so ähnlich seien manchmal die Schreibstile.

Ich hatte das natürlich aufgrund meiner Neigung zur Differenzierung im Nahbereich nicht so wahrgenommen. Nichtsdestotrotz war auch mir klar, dass es Ähnlichkeiten zwischen Hans und mir gab. Ihn als mein «Alter Ego» zu bezeichnen, wäre sicher übertrieben gewesen, dazu hatte ich ihn auch zu wenig gut gekannt. Doch dieses Wenige hatte mir genügt, eine ausgeprägte geistige und seelische Verwandtschaft zu empfinden. Dazu zählten nicht nur ähnliche Interessenfelder oder unsere gemeinsame Liebe zum Alleinsein, sondern auch ein verwandtes Verhältnis zur Sprache, zu dem insbesondere die Liebe zu jener klassisch gepflegten Ausprägung des Deutschen gehört, die in den Ohren mancher Zeitgenossen ein klein wenig altertümlich klingt.

So sei es bei näherer Betrachtung gut möglich, musste ich Adelina gegenüber zugeben, dass Hans einen mit meinem vergleichbaren Schreibstil pflege oder eben gepflegt habe. Und wo ich schon bei klarsichtiger Selbsterkenntnis war, konnte ich auch eingestehen, dass das mit dem Restposten von missionarischem Eifer in mir auch zutreffe. Nur, fügte ich hinzu, hätte ich ein gutes Regulativ dafür, diesen nicht überborden zu lassen.

Was das denn sei, hakte Adelina nach, und ich erklärte ihr, dass mir nahestehende Menschen oft eine Seite ausleben, die ich in mir auch kenne, mir also eine Spiegelungsmöglichkeit bieten. Interessanterweise leben sie diese Seite oft weitaus stärker, als es für mich gut wäre. Indem sie diese Seite in meinen Augen übertreiben, helfen sie mir, das für mich richtige Mass zu finden. Dafür sei das mit Hans geteilte, wenngleich in unterschiedlichem Ausmass auftretende Faible für menschheitsbeglückende Missionen ein gutes Beispiel.

Um zur Erzählung von Hans zurückzukehren, sei mir jedenfalls klar, dass ihn diese Claudia vor allem deswegen so fasziniert habe, weil er mit ihr einen geistigen Austausch auf

Augenhöhe über ein Thema pflegen konnte, das ihn offenbar mächtig interessierte. Damit war Adelina einverstanden, wenngleich sie anmerkte, in der bisherigen Erzählung von Hans würde alles darauf hinauslaufen, da sei noch mehr im Spiel als eine rein platonische Beziehung. Wie auf Stichwort ging der Strom wieder an, und nachdem mein Mac seine üblichen Aufstartrituale erledigt hatte, konnten wir weiterlesen:

«Claudia und ich haben uns wie vereinbart auf der Schwägalp getroffen, an der Talstation der Säntisbahn. Das Wetter hielt, was es versprochen hatte, und Claudia sah in ihrem eigens für den Anlass gekauften Berg-Outfit hinreissend aus, was ich zugeben musste, obwohl mich so was sonst überhaupt nicht interessiert.

Während der Fahrt mit der Schwebebahn von der Schwägalp zum Säntisgipfel fragte sie mich, ob ich das Buch ‹Die Kanzlerin› von Fritz Dinkelmann kenne. Als ich verneinte, erzählte sie mir, dass darin in eben dieser Schwebebahn ein Giftgasanschlag auf die halbe deutsche Bundesregierung stattfindet, die sich oben auf dem Säntis mit dem Schweizer Bundesrat treffen will. Zunächst gibt es eine Attacke mit Lachgas, die das politische Personal in der Kabine ausflippen lässt und sie zu allerlei seltsamen Tun treibt. Die Kanzlerin selbst merkt etwas und steigt an der Zwischenstation aus, während sonst oben nur noch Leichen ankommen. Wir schüttelten uns aus vor Lachen ob der Vorstellung von sich wild aufeinanderstürzenden Ministerinnen und Staatssekretären. Die Reaktionen der übrigen Fahrgäste auf unseren Lachanfall reichte von irritiert bis indigniert, was uns jedoch nicht weiter störte.

Nach dem Abstieg über den Lisengrat machten wir auf dem Altmannsattel Rast und plauderten ein wenig über Schwindelgefühle, die ich auf dem Grat tatsächlich stärker verspürt hatte als früher, und darüber, ob man mit zunehmendem Alter nicht einfach mehr Situationen am Abgrund kennt, auch im übertragenen Sinne, und damit mehr realen Anlass für Schwindelgefühle hat. Nach diesem philosophischen Intermezzo nahmen wir die Besteigung des Altmanns in Angriff.

Das ist ja nur eine kurze Kletterei, die leichter ging, als ich befürchtet hatte, und so waren wir bald auf dem Gipfel. Der Gipfelkuss war jetzt eindeutig leidenschaftlich zu nennen, und wer weiss, was da oben noch geschehen wäre, wenn sich nicht plötzlich ein anderes Grüppchen von Berggängern etwas unterhalb des Gipfels lautstark bemerkbar gemacht hätte.

So blieb es beim Bewundern der Aussicht und dem Geniessen des Gefühls, an einem Ort zu sein, von wo aus es überall nur runtergeht. Der Blick reichte überall hin weit, nur in Richtung des nahen Säntisgipfels war eine Nebelwolke aufgestiegen und verhüllte den Nachbarberg ganz. Hätten wir nicht gewusst, dass dort ein noch etwas höherer Berg existiert, hätten wir uns im Glauben wähnen können, auf dem höchsten Gipfel weit und breit zu weilen.

Ob höchster oder zweithöchster Gipfel des Alpsteins, war uns letztlich egal. Wir genossen eine ganze Weile die himmlische Ruhe und machten uns dann auf demselben Weg zurück zum Säntis, der zum Glück wieder hüllenlos war. Auf der Schwägalp stand Claudias wie zu erwarten schnittiger Schlitten, der uns in einer bequemen Fahrt zum Hotel Hofweissbad brachte.

Schon unterwegs schwärmte Claudia von den Erlebnissen dieses Tages, vom wohligen Gefühl der Hände auf warmem Fels, von der Landschaft, vom Genuss reinen Quellwassers, wenn man richtig Durst hat. Im Hotelzimmer, ich hatte einen Moment lang daran gezweifelt, ob sie wirklich ein Doppelzimmer gemeint hatte, doch es war eines, zogen wir uns gesittet um und genossen dann die zu Recht gerühmte Hotelküche. Während des ganzen Abendessens plauderten wir angeregt, umschifften jedoch alle heiklen Themen weiträumig.

Auf dem Weg zurück ins Zimmer versprach mir Claudia zwei Überraschungen. Auf die zweite musste ich noch etwas warten, denn die erste entpuppte sich als handliches Abspielgerät für Musik von ihrem iPhone. Und was spielte sie? Genau, die von mir so heiss geliebte Pastorale von Beethoven. Und dann, Du wirst es nicht glauben, spielte sich alles fast wie im Drehbuch ab:

Erster Satz: ‹Erwachen heiterer Empfindungen bei der Ankunft auf dem Lande› (Allegro ma non troppo), 12'55". Verliebte Blicke in strahlende Augen. Geflüsterte Koseworte. Geständnisse über erwachte und weiter erwachende Gefühle. Bedeutungsschwangere Worte wie Seelenverwandtschaft und schicksalhafte Begegnung nach unendlich langem Warten. Entblössung der Seelen.

Zweiter Satz: ‹Szene am Bach› (Andante molto mosso), 12'43". Zärtliche Berührungen. Erst noch fast scheue, dann immer fordernder werdende Küsse. Allmählich sich lüftende Kleiderschichten. Immer mehr Stellen, an denen Haut an Haut rührt. Erstes leidenschaftliches Umschlingen ganz ohne störende Textilien. Entblössung der Körper.

Dritter Satz: ‹Lustiges Zusammensein der Landleute› (Allegro), 5'45". Erkundungstouren von Fingern, Handflächen, Lippen und Zungen auf fremder Haut. Lauter werdende Seufzer. Ansteigende Spannung, unterbrochen nur von kurzen Phasen inniger Ruhe. Vereinigung.

Vierter Satz: ‹Gewitter, Sturm› (Allegro), 3'38". Aufwallende Gefühlswogen. Anschwellende Geräuschkulisse. Heftige Zuckungen. Eruptive Entladungen. Höhepunkte.

Fünfter Satz: ‹Hirtengesang. Frohe und dankbare Gefühle nach dem Sturm› (Allegretto), 9'02". Fast übergangsloser Wechsel in eine innig-sanfte Stimmung. Enges Aneinanderkuscheln. Stupsende Küsschen. Zarte Berührungen. Dankbare Worte. Abgesang.

Kaum war der letzte Ton verklungen, fragte mich Claudia verschmitzt, ob ich noch mal wolle. Leicht beschämt antwortete ich, das würde in meinem Alter vielleicht noch etwas dauern, doch sie lachte nur und sagte, sie habe natürlich die Musik gemeint. Ich hatte nichts dagegen, und so klangen die vertrauten Klänge erneut auf.

Jetzt präsentierte mir Claudia ihre zweite Überraschung.

Diese entpuppte sich als eine Halbliterflasche mit Appenzeller Alpenbitter, die sie aus den Tiefen ihrer Tasche ans Licht beförderte. Auf meinen enttäuschten Blick hin versicherte sie mir, es handle sich dabei möglicherweise nicht um das gewohnte Getränk. Es könne vielmehr sein, dass dieser spezielle Alpenbitter etwas mit meinem geheimnisvollen Käse zu tun habe, und das wolle sie mit einem praktischen Experiment herausfinden. Wir würden deshalb jetzt beide ein Gläschen davon trinken, und ich solle ihr dann sagen, ob eine allfällige Wirkung vergleichbar sei mit jener von Appenzeller Secret.

Sie sei dieses Experiment ihrem Job schuldig, fügte sie hinzu, aber mindestens so sehr sei sie von ganz privater Neugier getrieben. Ich stand noch viel zu sehr unter dem überwältigenden Eindruck des eben erlebten Höhepunkts, der in seiner Wirkung sicher noch durch den Umstand verstärkt worden war, dass es seit ziemlich langer Zeit mein erstes Erlebnis mit einer Frau war, als dass ich mich hätte um Claudias Motivlage kümmern können, und ebenso wenig fragte ich mich oder sie, wie sie denn an diese Flasche gekommen sei. Stattdessen schluckte ich brav den Inhalt des Glases, das sie mir reichte, und registrierte noch, dass sie ebenfalls eine Portion kippte. Dann legten wir uns wieder, hüllenlos, wie wir waren, aufs Bett und lauschten Beethoven.

Gegen Ende des zweiten Satzes spürte ich etwas. Klar, bei einer alkoholischen Flüssigkeit dauert es wesentlich weniger lang als bei einem festen Nahrungsmittel wie Käse, bis eine Wirkung eintritt. Ich lauschte eine Weile in mich hinein und berichtete Claudia, es handle sich wirklich um eine vergleichbare Wirkung. Etwas weniger subtil vielleicht, stürmischer und vielleicht auch drängender, aber unverkennbar: Seelenfrieden.

Sie gestand mir daraufhin, sie hätte sich natürlich nie auf das Experiment mit mir eingelassen, ohne vorher einen Selbstversuch gemacht zu haben. Das hätte sie sogar zweimal gemacht, einmal allein zu Hause und ein zweites Mal mit einem guten Freund – spürte ich da den Stich eines Eifersuchts-Stachels? –, doch irgendwas gemerkt hätten weder sie noch dieser Freund. Gut, vielleicht ein ganz ferner Anklang sei da gewesen, aber nicht der Rede wert. Jetzt hingegen spüre sie so etwas wie Seelenfrieden, und das sei sicher nicht nur auf die eben genossenen Liebeswonnen zurückzuführen, dafür sei sie eine zu gute Selbstbeobachterin.

Jetzt verstünde sie endlich meine Begeisterung, das sei ja wirklich der Hammer. Und dass ich davon geträumt habe, dieses Erlebnis möglichst vielen Menschen zum Wohle der ganzen Menschheit zu ermöglichen, könne sie nun bestens nachvollziehen. Da war sie wieder, die Vertrautheit unserer ersten Stunden, und in einem aus dieser Stimmung gewachsenen Übermut schlug ich vor, noch ein Gläschen zu kippen, um herauszufinden, ob sich daraus noch eine weitere Steigerung ergäbe. Sie stimmte fröhlich zu.

Diesmal ging es noch schneller, und ich spürte tatsächlich eine neue Wirkung: Nicht nur erkannte ich all meine Gefühle und Empfindungen klar und liebevoll. Vielmehr hatten diese Gefühle einen unwiderstehlichen Drang, sich zu äussern. Kurzum, ich wurde äusserst redselig und sagte Dinge, die besser ungesagt geblieben wären.

Ich hätte tiefe Gewissensbisse wegen des Verrats des Geheimnisses und Deines, Franzens, Namens. Ich würde mich fragen, ob ich damit nicht zu Dir gehen müsse, um alles zu gestehen und so mein Gewissen zu erleichtern.

Auf Claudia hatte dieses Geständnis eine unerwartete Wirkung, nämlich eine ansteckende. Was ich denn von Gewissensbissen verstünde, das bisschen sei ja nicht zu vergleichen mit der Menge an Gewissensqualen, unter denen sie leide.

Jetzt sprudelte es nur so aus ihr heraus. Ich erfuhr, dass das von ihr geleitete Forschungsinstitut im Wesentlichen eine Tarnorganisation für einen ausgewachsenen privaten Geheimdienst ist. Zwar wird oben am Licht fleissig geforscht und publiziert, doch unter dieser sichtbaren Oberfläche existiert eine ausgewachsene Organisation, die Wissen keineswegs nur auf legalem Weg beschafft. Und wie jeder ordentliche Geheimdienst beschränkt sich auch dieser nicht auf die Beschaffung von Informationen, sondern greift aktiv ins Geschehen ein, wenn er es für nötig erachtet. Schliesslich, fügte Claudia mit einem gequälten Lächeln hinzu, käme das Wort «Agent» vom lateinischen Begriff für handeln, und gehandelt würde, wenn es gelte, etwa eine unliebsame Konkurrenz auszuschalten.

Was genau da vor sich geht, weiss Claudia auch nicht. Dieser Geheimdienst bezieht seine Aufträge meist direkt von den beteiligten Pharmaunternehmen selbst. Sie habe aber genug Phantasie, um sich einige ganz schlimme Dinge ausmalen zu können.

Manchmal bediene sie sich auch selbst der Dienste dieser Organisation. Zum Beispiel im Falle meines Seelenfrieden-Käses. Das habe natürlich ihr Interesse geweckt, und so habe sie den Auftrag gegeben, mehr über die Hintergründe herauszufinden. Der Geheimdienst habe sich umgehört und dabei rasch von den engen Beziehungen zwischen Appenzeller Alpenbitter und Appenzeller Käse erfahren. Man habe sich darauf seinen Reim gemacht und beim Alpenbitter nachgebohrt. Das sei leicht gewesen. Rasch fand sich eine Angehörige des mittleren Kaders, die beim seinerzeitigen Test von «Soma» dabei gewesen war und als alleinerziehende Mutter wenig Skrupel hatte zu erzählen, was sie davon wusste, nachdem ihr ein gut gefüllter Umschlag rübergeschoben worden war. Als man ihr noch einen Vertrag vorgelegt hatte, in dem für fünf Jahre regelmässige Zuzahlungen zu den Ausbildungskosten ihrer Kinder versprochen wurden, war sie bereit, zwei Flaschen aus den noch vorhandenen Vorräten von «Soma» zu klauen.

So also, gestand Claudia abschliessend, sei sie an unser Testgetränk gekommen. Wie das genau mit dem Käse zusammenhinge, wisse sie zwar nicht, aber es interessiere sie – beruflich jedenfalls – auch nur mässig. Es ginge ihren Auftraggebern ja nicht darum, an das Rezept zu kommen, um selbst eine Kopie herzustellen. Das wäre wenig glaubwürdig, und zudem liesse sich die hochkomplexe Molekülvielfalt eines Naturprodukts mit ihren unzähligen Wechselwirkungen ohnehin kaum im Labor nachbauen. Vielmehr wollten sie eine möglicherweise unliebsame Konkurrenz möglichst schon im Keim ersticken. Auf mein erstauntes Nachfragen hin, ob denn Weltkonzerne einen kleinen regionalen Käseproduzenten wirklich fürchten müssten, gab sie zu, dass das rein quantitativ gesehen für keinen Pharmakonzern, der Glückspillen verkaufen will, ein Problem sei. Viel gravierender sei der drohende Imageschaden: Neben einem kraftstrotzenden, traditionsgeschwängerten und mythenreichen Naturprodukt wie Appenzeller Secret würde natürlich jede Glückspille aus dem Labor reichlich blass aussehen, und das würde den Wert der künstlichen Prothesen in den Augen der Kunden empfindlich schmälern, was sich auch auf die Gewinnmargen auswirken könnte.

Natürlich war ich über das Gehörte empört und äusserte dieses Gefühl laut und deutlich, nicht ohne noch einmal anzudeuten, ich könnte solche düsteren Geheimnisse möglicherweise nicht für mich behalten. Als ich das kalte Glimmen in ihren Augen sah, beeilte ich mich hinzuzufügen, es ginge mir keineswegs darum, sie moralisch zu verurteilen, ich sei ja Realist genug, um zu sehen, dass solches existiere und vielleicht manchmal sogar nötig sei. Aber ich sähe, wie sehr der Zwiespalt ihrer beiden Persönlichkeiten sie quäle und zerreisse. Das wiederum zerrisse mir fast das Herz, weil ich angefangen hätte, sie mächtig lieb zu haben. Deshalb bat ich sie eindringlich, von ihrem Tun abzulassen. Was sie mir nicht versprechen konnte, aber sie wolle es sich überlegen, schon im Interesse einer möglichen gemeinsamen Zukunft, die sie sich nach dieser Nacht irgendwie schon vorstellen könne. Und ich solle mir um dieses blöde Rezept keine Sorgen machen.

Privat interessiere sie das Rezept allerdings sehr, fügte sie mit doch schon ziemlich schwerer Zunge hinzu, vor allem, seit sie erfahren habe, was für wunderbare Stunden man mit mir damit verbringen könne. Da sie es aber heute sicher nicht mehr erfahren werde, schlage sie als Absacker noch eine kleine dritte Runde ‹Soma› vor.

Die neue Wirkung kam noch schneller und eindeutiger als

die letzte. In der dritten Dosierung hintereinander wirkte ‹Soma› wie K.-o.-Tropfen. Claudia lag in meinem Arm und murmelte noch etwas vor sich hin, ehe sie mitten im Wort einschlief. Auch ich, der ich sonst immer lange zum Einschlafen brauche, war innerhalb weniger Minuten weggetreten.

Und zwar offenbar gründlich. Als ich endlich aufwachte, war der Platz neben mir leer. Gründlicheres Nachforschen bestätigte, dass Claudia definitiv weg war. Nur ein mit akkuraten Druckbuchstaben beschriebenes Blatt Hotelpapier fand sich noch als Spur von ihr. Darauf stand: ‹Reden ist Blei. Schweigen ist Gold.›

Wie ich an diesem Tag nach Hause gekommen bin, weiss ich nicht mehr genau. Unentwegt schwirrten mir die Gedanken an diese Botschaft im Kopf herum. Ich hatte sie sehr wohl verstanden. Claudia hatte mir in einem unbedachten Moment und angefeuert von unkontrollierbaren Molekülen in ihrem Gehirn Dinge ausgeplaudert, die ich nie hätte erfahren dürfen. Und ich Depp hatte mindestens ansatzweise damit gedroht, Geheimnisse nicht für mich zu behalten.

Ich war tieftraurig. Endlich mal wieder war eine Beziehung mit einer Frau denkbar geworden, und mit was für einer, und jetzt endete es so. Mir war klar, dass ich Claudia nie wiedersehen würde, und bei Bedarf hätte sie mit grosser Entschiedenheit bestritten, jemals etwas mit mir zu tun gehabt zu haben. Eine grosse Hoffnung jäh geknickt!

Wütend war ich natürlich auch, auf sie, weil sie mich als Agenten missbraucht hatte, der ihr Geheimwissen verschaffte, aber vor allem auf mich. Weil ich so blöd gewesen war, unser Geheimnis und Dich zu verraten. Weil ich in meiner Verblendung nicht gemerkt hatte, welches Spiel sie mit mir trieb – auch wenn ich insgeheim immer noch hoffte, es wären auch auf ihrer Seite ein paar echte Gefühle im Spiel gewesen. Und auch, weil ich genau wusste, dass ich mich an die Warnung halten und niemandem ein Sterbenswörtchen erzählen würde.

Mir war klar, dass ich für Claudia und ihre Organisation

eine Bedrohung bleiben würde. Sicher, die könnten und würden alles abstreiten, wenn jemals etwas von ihren Machenschaften an die Öffentlichkeit geriete, und sie würden das vermutlich erfolgreich tun. Doch etwas bleibt bekanntlich immer hängen, und selbst ein erfolgreiches Dementi bringt Unruhe. Etwas, was Claudias Hintermänner gar nicht schätzten.

Vor allem aber wäre Claudias Karriere als makellose Forscherin und Publizistin gefährdet, stellte ich bei näherem Nachdenken fest. Zu enge Verbandelungen mit der Industrie können extrem rufschädigend sein. Ich selbst wusste zwar, dass ich es trotz allem nie übers Herz bringen würde, ihr bewusst zu schaden – doch wussten das auch die anderen?

Mein beklemmendes Gefühl wuchs noch, als zwei Tage darauf der Pöstler einen Laptop der Spitzenklasse anlieferte, den ich nicht bestellt hatte. Darin fand sich ein Schreiben mit der Anweisung, ab sofort nur noch diesen neuen Computer zu benutzen und alle Dokumente vom alten rüberzuladen, die ich noch bräuchte. Der neue Computer sei in meinem Namen bezahlt worden – eine entsprechende Quittung lag bei –, und für die saubere Entsorgung des alten werde gesorgt, jemand käme ihn abholen. Über all das hätte ich selbstverständlich wie über alles andere striktes Stillschweigen zu bewahren. Handschriftlich war in der mir schon bekannten akkuraten Druckschrift ein Satz angefügt: ‹Es war trotz allem sehr schön. C.›

Das half mir jetzt auch nicht mehr. Mir war klar, dass die Computeraktion dazu dienen sollte, alle Spuren zu tilgen, die auf einen Kontakt zwischen ihr und mir hingedeutet hätten. Und mich gleichzeitig erneut eindringlich zu warnen.

Zu welchen Mitteln die sonst noch greifen werden, weiss ich nicht, aber mir schwant Schlimmes. Und weil ich auch sonst dieser Tage seltsame Todesgedanken hatte, habe ich mich entschlossen, für alle Fälle meine Dinge zu regeln. Dazu gehört mein Letzter Wille, vor allem aber dieser Brief an Dich.

Was auch immer mir passieren sollte – Du weisst jetzt Bescheid. Das gefährdet Dich nicht einmal zusätzlich. Denn ich habe in diesem Bekennerschreiben alle Hinweise auf die konkrete Person so verfremdet, dass es Dir unmöglich ist, sie zu finden.

Heute Abend ist der Abholer meines alten Computers angesagt. Vorher bringe ich noch diesen Brief zur Post – für alle Fälle. Natürlich hoffe ich, dass wir uns morgen sehen und an unserem gemeinsamen Projekt arbeiten können. Diesen Brief wirst Du dann noch nicht gelesen haben, ich werde ihn als langsamere B-Post frankieren. Doch eines Tages, kurz oder lang, nachdem Du meine Beichte gelesen hast, werden wir darüber reden und vielleicht sogar lachen können, so hoffe ich inbrünstig.

Du bist mir ans Herz gewachsen. Leb wohl. Dein Hans.»

Neue Erkenntnisse

Adelina und ich hatten den zweiten Teil des Beichtbriefs von Hans in einem Zug und kommentarlos gelesen. Dann schwiegen wir noch eine ganze Weile, ehe Adelina das Schweigen mit der Bemerkung unterbrach, nun sei ja wohl alles klar. Der angekündigte Abholer des alten Computers von Hans sei auch der Mörder gewesen. Schliesslich sei dieser alte Computer tatsächlich verschwunden.

Wenn die Geschichte stimme, wagte ich einzuwenden, aber Adelina meinte zu Recht, eine solche Geschichte könne man nicht erfinden. Wir sprachen eine ganze Zeit lang über die Tragik von Hans, der wohl seiner idealistischen Leichtgläubigkeit zum Opfer gefallen war. Und über die Unmöglichkeit, aufgrund der Informationen von Hans seine Ermordung wirklich aufklären zu können.

Wir wandten uns der Frage zu, welche Konsequenzen das Wissen, das wir jetzt erlangt hatten, für uns Lebende hatte. Bestätigt war jedenfalls unsere Annahme, wonach von mir erwartet wurde, das Projekt Appenzeller Secret zu stoppen. Die Frage war nur, wie? Den sehr positiv gestimmten Bericht über den Test durch unseren «Geheimbund» hatte ich den übrigen Mitgliedern des Bewahrungskomitees schon abgeliefert – aus Sicherheitsgründen in Form von bedrucktem Papier. Da konnte ich jetzt schlecht plötzlich damit kommen, ich hätte mich geirrt, das Projekt lohne es nicht, weiterverfolgt zu werden.

Und überhaupt. Ich war nur Mitglied des Bewahrungskomitees und dazu noch Frischling, und dieses hatte keinerlei Entscheidungsbefugnisse innerhalb der Sortenorganisation Appenzeller Käse. Selbst wenn es mir gelänge, das Bewahrungskomitee vom Projekt abzubringen, könnte sich die Geschäftsleitung also immer noch darüber hinwegsetzen und Appenzeller Secret dennoch auf den Markt bringen.

Wir rätselten noch, als wieder eine der ominösen Botschaften auf dem Bildschirm meines Macs erschien. Diesmal stand da: «Erwarten Bericht innerhalb einer Woche an folgende Adresse. Sobald eine Botschaft dort eingetroffen ist, wird diese Adresse gelöscht. Spurensuche zwecklos.» Es folgte eine Mail-Adresse, von der Adelina sofort wusste, dass man deren Spuren tatsächlich nicht würde verfolgen können.

Nun wusste ich, was ich zu tun hatte. Jedenfalls formal. Aber inhaltlich? Wir beschlossen, für eine Antwort seien wir heute zu müde, verbrachten einen gemütlichen Abend vor dem Fernseher und gingen ganz keusch früh zu Bette.

Am nächsten Tag hatte Adelina mehrere Geschäftstermine in St. Gallen. Ich wollte nach all den Aufregungen einfach etwas zur Ruhe kommen und in Musse darüber nachdenken, was ich nun machen sollte. Da klingelte das Telefon. Es war Peter, der Sozialwissenschaftler aus dem «Geheimbund». Ob er vorbeikommen könne, er habe interessante neue Erkenntnisse mitzuteilen.

Da fiel mir etwas wieder ein, was ich seit meinem Leichenfund völlig vergessen hatte: Peter hatte einen erweiterten Test mit Appenzeller Secret durchgeführt und wollte mir jetzt die Ergebnisse mitteilen, in der Manier eines Geheimbundes natürlich nur unter vier Augen.

Mit diesem zusätzlichen Test hatte es folgende Bewandtnis: Nach dem Test innerhalb unseres Grüppchens waren Peter, der das Ganze wissenschaftlich begleitete, und ich uns schnell darüber einig, dass das nicht ausreichen würde, um ein abschliessendes Urteil über die Wirkungs-Potenziale von Appenzeller Secret zu fällen. Wir bräuchten mehr Testpersonen – doch wie sollte das alles mit der nötigen Geheimhaltung ablaufen?

Zum grossen Glück hatte Peter da einiges einzubringen. Im Rahmen seiner selbstständigen Tätigkeit als Sozialforscher hatte er eine Gruppe von Menschen aufgebaut, die regelmässig Produkte aus dem Lebens- und Genussmittelbereich testeten. Seine Kunden stammten vornehmlich aus der Region und waren Mitglieder der «Appenzellerland Regionalmarketing AG», das heisst, die Testpersonen waren daran gewöhnt, Produkte aus dem Appenzellerland zu testen, wenngleich nicht nur.

Die etwa dreissig Testpersonen lebten etwa zur Hälfte im Appenzellerland und zur anderen Hälfte in anderen Gegenden der Schweiz und des nahen Auslands. Diesen Testpersonen wollte er jeweils eine Portion Käse schicken, und zwar ohne Etikett. Als Tarngeschichte würde er den Fall Gruyère vorschieben: In der Werbung dafür werde behauptet, Greyerzer Käse beruhige. Man wolle jetzt herausfinden, ob ein Stück Käse tatsächlich beruhige. Deswegen möge man wie beschrieben den Testkäse essen, eine Stunde abwarten, eine weitere Stunde genau in sich hineinhorchen und dann den beigefügten Fragebogen ausfüllen.

Diesen Fragebogen hatte er schon, es war derselbe, den wir auch in unserem internen Test verwendet hatten. So würde es möglich sein herauszufinden, ob unsere Testergebnisse einfach nur das Resultat einer gruppendynamischen Euphorie gewesen waren oder ob andere neutrale Testpersonen etwas Ähnliches verspürten. Und das alles, ohne das Geheimnis zu verraten.

Der Plan war so genial, dass er von den anderen Mitgliedern des Bewahrungskomitees, die ich natürlich konsultieren musste, sofort genehmigt wurde. So fand der Test statt. Einsendeschluss für die Fragebogen war vorgestern gewesen, Peter würde also vollständige Ergebnisse mitbringen.

Er kam nach einer knappen Stunde und wusste tatsächlich Spannendes zu berichten. Zunächst sei er etwas enttäuscht gewesen, weil die Durchschnittswerte im erweiterten Test deutlich unter jenen unseres internen lagen, ziemlich genau in der Mitte der jeweiligen Skala. Es sei allerdings so, dass ein Durchschnittswert, der in der Mitte liegt, auf zweierlei Arten zustande kommen könne: Entweder lägen die einzelnen Werte alle um den Mittelpunkt herum, weil niemand sich so richtig entscheiden könne. Oder aber, zwei Gruppen, die sich jeweils an den Polen versammeln, seien etwa gleich gross, und dann wäre der Durchschnittswert logischerweise auch wieder in der Mitte.

Hier ging es um die zweite Variante. Es gab tatsächlich viele Kreuzchen an den Polen: Entweder man merkte so gut wie keine Wirkung oder aber eine deutliche, und zwar ausgesprochen positive. Beide Gruppen waren etwa gleich gross. Welches Merkmal aber führte zu einer so deutlichen Trennung der Testpersonen?

Die üblichen statistischen Verdächtigen wie Geschlecht, Alter oder Bildungsgrad waren es nicht. Dann hatte Peter die Eingebung, die zwei Gruppen «Appenzeller» und «Nicht-Appenzeller» miteinander zu vergleichen. Dabei wurde er fündig, und wie.

Bevor er die Ergebnisse auspackte, erklärte Peter mir als statistischem Laien, dass ein statistischer Zusammenhang in aller Regel ein Wahrscheinlichkeits-Zusammenhang ist: Wenn jemand eine höhere Bildung hat, ist die Wahrscheinlichkeit grösser, dass er auch ein höheres Einkommen erzielt als für jemanden mit tiefem Bildungsniveau. Bei solchen Zusammenhängen gibt es immer viele Ausnahmen, und bei den wenigsten Zusammenhängen ist das Mass an erhöhter Wahrscheinlichkeit sehr spektakulär.

In diesen Testergebnissen aber habe er eine äusserst rare Form von Zusammenhang gefunden, nämlich einen reinen Wenn-dann-Zusammenhang. Wenn eine Bedingung erfüllt ist, führt dies in allen Fällen zu einer bestimmten Konsequenz.

Zuerst habe es in seinen Daten noch eine Ausnahme gegeben, doch dann habe er die betreffende Dame angerufen und dabei erfahren, dass sie ihren Käse in den Ferien und nicht an ihrem Wohnort getestet habe. Und damit sei auch diese Ausnahme verschwunden, und der Zusammenhang sei jetzt rein und eindeutig.

Ich war wirklich neugierig geworden, und endlich enthüllte Peter das Geheimnis: Appenzeller Secret wirkt nur im Appenzellerland! Alle, die hier lebten, hatten von spürbaren und positiven Effekten berichtet, und die Ferien der fraglichen Ausnahme-Dame hatten ebenfalls im Appenzellerland stattgefunden. Wer dagegen ausserhalb dieses Gebiets lebte, ob näher oder ferner, wusste nur über ein ganz gewöhnliches Stück Käse zu berichten.

Fast hätte ich an dieser Stelle selbst ein Geheimnis ausgeplaudert, nämlich jenes von Hans und Claudia, doch ich konnte mich rechtzeitig beherrschen. Innerlich aber ging mir ein Licht auf: Diese Claudia, oder wie immer sie in Wirklichkeit hiess, hatte ja auch von zwei wirkungslosen Versuchen mit «Soma» berichtet, und die hatten ebenfalls ausserhalb des Appenzellerlandes stattgefunden. Bei ihrem Versuch in der Region dagegen war auch sie völlig darauf abgefahren. Das würde also nicht nur für den Wahrheitsgehalt von Hans' Geschichte sprechen, sondern auch dafür, dass wir da einem wirklich seltsamen Phänomen auf die Spur gekommen waren.

Peter und ich rätselten über die möglichen Ursachen dieses Phänomens. Eine genetische Absonderlichkeit der Testpersonen konnten wir ausschliessen, es waren keineswegs nur Ur-Appenzeller darunter, sondern viele Zugewanderte. An der besonderen Luft im Appenzellerland konnte es auch nicht liegen, die hängt schliesslich nicht in einer Glasglocke über dieser Gegend, sondern wird ständig aufgemischt von externen Einflüssen. Ein Esoteriker hätte vermutlich auf irgendwelche Strahlungen oder Kraftlinien getippt, doch Esoteriker waren wir beide nicht.

Vielleicht, sinnierte Peter beim Anblick des friedlich in seinem Sessel schlafenden Grizzly, sei Käse ja auch einfach wie Katzen, ortsgebunden und unwillig, sich anderswo zu entfalten. Was zwar ein hübscher Gedanke war, aber eben auch nicht mehr als eine Spekulation.

Nein, eine vernünftige Erklärung für das Phänomen, wonach Appenzeller Secret nur im Appenzellerland Seelenfrieden schenkt, gab es nicht, oder jedenfalls noch nicht. Wir trösteten uns mit dem alten Dichterwort, wonach es mehr Dinge zwischen Himmel und Erde gibt, als der Menschenverstand fassen kann, und wandten uns wieder den Tatsachen zu. Den durch Peters Statistik glasklar erhärteten Tatsachen.

An diesem Abend diskutierte ich die Testergebnisse natürlich auch mit Adelina. Sie betrachtete sich die entsprechenden Diagramme eine Weile und stellte dann trocken fest, damit sei ja auch mein Problem gelöst. Daraus entwickelte sich ein Gespräch, über das ich ebenso schwärmerisch berichten würde wie Hans über seine Gespräche mit Claudia, wenn ich denn so schwärmerisch schreiben könnte wie er. Jedenfalls schälte sich in diesem Austausch von Ideen und Argumenten immer deutlicher heraus, was der von mir von zwei Seiten erwartete Bericht an Appenzeller Käse vorschlagen würde.

Eine normale Markteinführung von Appenzeller Secret schied jetzt aus. Man konnte ja schlecht einen Seelenfrieden versprechen, der im grössten Teil des Absatzgebiets gar nicht wahrgenommen werden kann. Andererseits wäre es geradezu eine Sünde gegenüber der Menschheit und gegenüber der eigenen Kasse, Appenzeller Secret gar nicht auf den Markt zu bringen. Dafür war seine Wirkung einfach viel zu positiv, und dafür würden die Menschen auch deutlich höhere Preise zahlen, was nach der Formel «kleiner Markt – grosse Marge» die Bilanz eben doch wieder ins Lot bringen würde.

Dieser relativ kleine, aber absolut gesehen doch nicht uninteressante Markt bestand also aus einheimischen Appenzellerinnen und Appenzellern sowie aus jenen Menschen, die sich als Gäste oder Touristen temporär im Appenzellerland aufhielten. Dieser Zielgruppe würde man Appenzeller Secret sinnvollerweise gerade nicht mit einer aufwendigen Werbekampagne verkaufen, sondern am besten unter der Hand. Diese Sorte würde an den Käsetheken nicht ausgestellt. Doch wer um das Geheimnis wüsste, könnte ihn gleichsam unter dem Ladentisch sehr wohl kaufen.

Dieses Geheimnis ist, anders als jenes des Geheimrezepts für die Kräutersulz, ein teilweise offenes Geheimnis. Eines, das man mit guten Freunden teilt, nicht aber mit entfernten Bekannten. Diese Aura des Geheimnisvollen ist das einzig Wahre für ein Produkt, das den Begriff des Geheimnisses schon im Namen führt. Und mit der Zeit wird sich das Geheimnis per Mund-zu-Mund-Propaganda schon herumsprechen.

Man kann ja ein bisschen nachhelfen. Etwa, indem man ausgewählte Köche von Hotels und Restaurants einweiht.

Oder die Veranstalter von Kursen und Seminaren zu Themen wie Selbsterfahrung oder Heilen. Natürlich sollen auch möglichst viele Gäste von ausserhalb das Geheimnis erfahren, wonach man jetzt bei einem Aufenthalt im Appenzellerland nicht nur eine wunderschöne Landschaft und ein lebendiges Brauchtum geniessen kann, sondern auch noch Seelenfrieden geschenkt bekommt. Und das fast gratis.

Ich sah vor meinem inneren Auge schon die Köpfe der Tourismusverantwortlichen rauchen. Damit hätten sie nun wirklich ein Alleinstellungsmerkmal für das Appenzellerland gefunden, und das Schöne war, dass man leibhaftig herkommen muss, um dieses neuen Angebots teilhaftig zu werden. Ich gönnte den Tourismusverantwortlichen solch erfreuliche Perspektiven, und, wer weiss, vielleicht würde diese Geschichte ja sogar dazu beitragen, dass im Appenzeller Tourismus etwas weniger zwischen Inner- und Ausserrhoden unterschieden wird als bisher.

Der Grundtenor meiner Empfehlungen jedenfalls würde klar sein: Innovative Absatzkanäle innerhalb des Appenzellerlandes schaffen und dabei auf das Prinzip des offenen Geheimnisses setzen. Genau so stand es denn auch in meinem Bericht, der an die Kollegen vom Bewahrungskomitee auf Papier und an die angegebene Mail-Adresse in leicht gekürzter Form digital ging.

Schon nach drei Tagen kam eine Antwort. Diesmal war das Fenster, das auf dem Bildschirm erschien, nicht wie bisher immer rot, sondern grün. Und die Botschaft unmissverständlich: «Einverstanden. Damit können wir leben. Keine weiteren Kontakte.»

Der sprichwörtliche Stein, der mir und auch Adelina beim Lesen dieser Botschaft vom Herzen fiel, hatte beträchtliche Ausmasse. Das musste gefeiert werden. An diesem Abend gönnten wir uns zwei Portionen Appenzeller Secret und stellten dabei fest, dass das zusammen mit ein paar Pfeifchen und einem Appenzeller Quöllfrisch auch eine ausgesprochen erotisierende Wirkung haben kann.

Diese wurde noch verstärkt durch die Musik, die wir bei

unserem Liebesspiel hörten. Peter hatte eine Kopie jener CD als Gastgeschenk mitgebracht, die sich im Jahr 2011 am meisten verkauft hatte: Adele 21. In meiner Abgeschiedenheit hatte ich davon noch nichts gehört, und auch an Adelina war diese Sängerin während ihres Aufenthalts im Kloster und der darauffolgenden mit Arbeit vollgepackten Zeit entgangen. Jetzt war sie natürlich zunächst fasziniert wegen der Namensgleichheit mit ihr. Und dann auch von der Musik.

Ich teilte ihren Eindruck. Manches klang wirklich wie Soul aus den sechziger Jahren, anderes nach coolem Jazz, doch immer war es eine sehr zeitgemässe Musik unseres Jahrhunderts, und immer war es diese noch ganz junge, und doch schon so lebenserfahren wirkende und völlig authentische Stimme Adeles.

Ein Liebesspiel-Drehbuch wie bei Hans und Claudia und ihrer Pastorale wurde daraus nicht. Doch eine Liedzeile grub sich bei uns beiden ins Bewusstsein und prägte unser Gespräch in der ebenso warmen wie klaren Stimmung danach: «I'm willing to take the risk!» Genau das beschlossen wir für unsere Beziehung. Wir hatten uns ineinander verliebt, und wir wollten zusammenbleiben. Jedenfalls mal auf Zusehen hin. Ob das angesichts des Altersunterschiedes zwischen uns wirklich eine Zukunft haben würde, wussten wir nicht – aber welches Paar hat schon, in wirklich langer Perspektive gesehen, eine Zukunft? Am Ende sind sie alle beide tot.

Deshalb wollten wir es wagen und die damit verbundenen Risiken auf uns nehmen. Unter meinem kleinen Dach, so viel war klar, konnten wir auf Dauer nicht zusammenleben, und eigentlich wollten wir gar nicht unter einem Dach leben. Deshalb würde Adelina sich eine eigene Wohnung suchen, in der Nähe ihres Arbeitsortes und so nah bei meinem Häuschen, dass wir uns sehen konnten, wann immer uns danach war. Den Rest würden wir getrost der Zukunft überlassen.

Grizzlys Einverständnis mit unseren Plänen war unüberhörbar, als er zu uns aufs Bett sprang, sich an seinem gewohnten Plätzchen auf der Bettdecke einrollte und tief befriedigt zu schnurren begann.

Vor dem Einschlafen wurde mir klar, dass ich mich nicht nur in Adelinas Leib und Seele verliebt hatte, sondern auch in ihren klaren Verstand. Ohne diesen hätte ich auch diesmal den Fall nicht gelöst, wenn man überhaupt von Lösung sprechen konnte. Wohl war sie erst in einem späten Stadium dazugestossen, doch ab dann war es die Möglichkeit gewesen, mich mit ihr auszutauschen, welche die Nebel rund um den Tod von Hans so weit gelichtet hatte, wie es überhaupt möglich war. Und so wenig ich mir nach all den Aufregungen einen nächsten Kriminalfall zur Aufklärung herbeisehnte, so sehr wünschte ich mir, ihn zusammen mit Adelina lösen zu können, wenn schon, denn schon.

Eingelöstes Versprechen

Ein paar Tage darauf traf ich mich mit Karl Abderhalden, meinem Vertrauten von der Polizei. Adelina besichtigte eine Wohnung, und so hatte ich Zeit für einen kleinen Schoppen mit Karl. Ich hatte ihm gegenüber ein schlechtes Gewissen, weil ich schon wieder mehr wusste als er und dieses Wissen zurückhielt. Als guter Beobachter merkte er das sofort und sagte es mir auf den Kopf zu.

Ich gab zu, etwas mehr über die Hintergründe zu wissen, die zum Tod von Hans geführt hatten. Doch da ich mit einer Weitergabe dieses Wissens mich selbst belasten, vor allem aber bedrohen würde, müsse ich von meinem Recht auf Zeugnisverweigerung Gebrauch machen. Vor allem aber könne ich ihm schwören, dass es der Polizei nicht weiterhelfe, wenn sie dieses Wissen besässe. Sie wüsste dann zwar mehr über die Hintergründe, doch klären könnte sie deswegen den Fall sicher nicht, jedenfalls nicht dann, wenn unter Klärung die Festnahme des Täters verstanden wird.

Karl war ob meiner Haltung logischerweise gar nicht glücklich. In der Schweiz würden gerade mal zwölf Prozent aller Morde nicht aufgeklärt, und er hätte keinerlei Lust, jetzt schon zum zweiten Mal zu dieser Statistik beizutragen. Aber das sei nun mal so, damit müsse er sich abfinden. Er nehme es mir ab, dass mein Wissen keine Aufklärung bringen würde.

Allerdings, fügte er drohend hinzu, verbitte er es sich aufs Entschiedenste, dass ich jemals wieder eine Leiche anschleppen würde, deren Tötung nicht wirklich aufgeklärt werden könne. Was ich ihm natürlich nicht garantieren konnte.

Besänftigen liess sich der Chef der Kriminalpolizei von Appenzell Ausserrhoden letztendlich durch mein Versprechen, über den jetzigen Fall einen Krimi zu schreiben. Krimis enthielten bekanntlich nie die ganze Wahrheit, aber so habe er, Karl, die Möglichkeit, selbst zu entscheiden, was darin wahr und was erfunden sei. Dieses Versprechen habe ich hiermit eingelöst ...

Ausblick

Nur für den unwahrscheinlichen Fall, dass es Sie interessiert: Adelina und ich kommen wieder. In unserem dritten Fall wird der mehrere hundert Jahre alte erste Appenzeller Käse gefunden – eingeschlossen in einen Eissarg am Säntis. Und daneben liegt die schöne Gletscherleiche «Appi». Wie es weitergeht, sagt der Titel des dritten Teils der Trilogie der Appenzeller-Käse-Krimis: «Leichenraub mit Eichenlaub». Bleiben Sie uns treu!